# スペイン富豪の花嫁の家出

ケイト・ヒューイット 作

松島なお子 訳



ハーレクイン・イマージュ

東京・ロンドン・トロント・パリ・ニューヨーク・アムステルダム
ハンブルク・ストックホルム・ミラノ・シドニー・マドリッド・ワルシャワ
ブダペスト・リオデジャネイロ・ルクセンブルク・フリブール・ムンバイ

*SPANIARD'S WAITRESS WIFE*

*by Kate Hewitt*



*Published by Harlequin Japan, a Division of K.K. HarperCollins Japan, 2025*

**ケイト・ヒューイット**

アメリカのペンシルバニア州で育つ。大学で演劇を学び、劇場での仕事に就こうと移ったニューヨークで兄の幼なじみと出会い結婚した。その後、イギリスに渡り６年間を過ごす。雑誌に短編を書いたのがきっかけで執筆を始め、長編や連載小説も手がけている。読書、旅行、編みものが趣味。

## 主要登場人物

**ミア・アギラ**……………バーの接客係。元ウェイトレス。元家政婦。
**サントス・アギラ**………ミアの夫。スペインの大富豪。複合企業の経営者。
**エヴァリナ**………………サントスの母親。寡婦。
**ロナルド**…………………アギラ家の警備担当スタッフ。
**マリナ**……………………サントスの妹。

# 1

テクノ音楽が心臓と同じリズムでうるさく鳴り響く中、サントス・アギラはたくましい胸の前で腕を組み、混み合ったバーの店内に目をこらした。僕はこんなところにいたくない。それにミア――不品行な僕の妻にも、こんなところにいてほしくない。

サントスは濃い色の眉をひそめ、人混みに視線を走らせた。店内は、羽目を外して騒いでいる若者たちでいっぱいだ。甘やかされた道楽息子や酔っ払った遊学中の学生たち、そして、今夜はイビサ島の中心街にあるこの屋上のバーで、異文化交流を楽しむことにした資産家令嬢たち。サントスが雇った世界トップクラスの私立探偵によると、ミアは今夜ここに来ているらしい。

スピーカーから鳴り響く耳障りな音楽が、女性の甲高い笑い声や、グラスやトレイが触れ合う音と混ざり合う。こめかみが締めつけられ、サントスは片頭痛がやってくるのを感じた。痛みに耐えられなくなる前に、なんとしてでもミアを見つけなければならない。彼女を見つけて、家へ連れ戻さなければならない。何も言わずに出ていった妻を、なぜこんなに必死で捜さなければならないのか――その問いについては、サントスはあえて深く考えないようにしていた。ミアは僕の妻なのだから、僕と一緒にいなければならない。それが何より重要なことだ。

サントスとミアが出会ったのも、こういうバー――流行に敏感な若者であふれかえった、高額なカクテルを出すバーだった。たった七カ月前、ポルトガルのアルガルヴェでのことだ。ミアはバーカウンターの向こうにいた。とび色の髪を無造作に高い位置でまとめ、ブルーグリーンの瞳をいたずらっぽく輝かせながら、彼女はしなやかに、軽快にカクテルシェイカーを振っていた。今夜と同じく、サントスはその夜もしぶしぶバーへ出かけていた。長い付き合いの友人であるエミリアーノから、男だけで羽目を外して楽しもうと誘われたのだ。バーでミアを見た瞬間、サントスは彼女に目が釘《くぎ》づけになってしまった。

ミアの軽やかでしなやかな身のこなしには、何か人を惹《ひ》きつけるものがあった。彼女が手首を使ってシェイカーを振るさまや、頭を後ろに傾けて笑う姿に、サントスはすっかり魅了された。そして彼女の気さくな笑い声は、暖かいそよ風のようにサントスの中をゆっくり吹き抜けていった。ミアの前歯には少し隙間があって、それがまた魅力を増大させていた。彼女はいわゆる典型的な美女ではなかった。普段サントスが連れて歩く女性たち——特権階級の洗練された女性たちとは違う。ミアはもっとリアルで、温かみがあった……というか、サントスはそのときはそう感じていた。

サントスが見とれていたあのとき、ミアの視線がほんの少しのあいだ、サントスをとらえた。だが、すぐに彼女は目をそらした。それは挑戦のようでもあり、誘惑のようでもあった。サントスは彼女に声をかけなければならないと思った。そして結局、二人は閉店時間の午前三時までおしゃべりを続けた。そしてそのあとのことは……もちろん忘れられるわけがない。

サントスは過去の記憶を頭から追い出した。過去のことをくよくよ考えたり、どうしてこうなったのかと思い悩んだりしても仕方がない。いまはとにかくミアを見つけて、家に連れ戻さなければ。

人混みを肩で押し分けながら、彼は妻を捜した。こめかみに痛みが走り、視界が少しぼやける。もう一年ほど片頭痛は起きていなかったのに、よりによってなぜいまなんだ？　それに、ミアはどこにいるんだ？

　カクテルの入ったグラスを二つ上に掲げた若い男が、サントスの肩にぶつかった。真っ赤な液体がグラスから飛び出て、サントスのオーダーメイドのジャケットにかかりそうになる。すばやく身をかわした瞬間、サントスの頭に鋭い痛みが走った。男はもごもごとわびを言い、また人混みを進んでいった。

いったいミアはこんなところで何をしているんだ？

その疑問については突きつめて考えたくなかった。というのも、考えれば考えるほど、自分は妻のことを何もわかっていなかったのではないかという思いにとらわれるからだ。

　だがとにかく、僕たちは結婚しているのだし、今後も夫婦であり続ける。立てた誓いを守るのがアギラ家の人間だ。

　サントスは混み合った屋内からテラスへ出た。空気は穏やかで、漁船やプライベートヨットが停泊する港は月の光を受けてきらめいている。テラスは屋内ほど騒がしくなく、楽に呼吸ができると感じた。頭痛も少しましになったが……そのとき、ミアの姿が目に入った。

　頭に強烈な痛みが走り、サントスは体を支えるためにドアの枠につかまらなければならなかった。ぼやけた視界をはっきりさせようと瞬《まばた》きをすると、そこにミアがいた。彼女はテラスを囲む低い塀にもたれていた。後ろに見える港の銀色のきらめきが、彼女のほっそりした体の輪郭を際立たせている。潮風になびいたとび色の髪を、ミアは両手で押さえながら隣にいる男に笑いかけた。その男は恥ずかしげもなくミアをうっとりと見つめていた。

　ミアはドレスを着ていた。ホルターネックのロングドレスで、光沢のあるエメラルドグリーンのサテンでできている。彼女の鎖骨から足首までを覆っているものの、体の線にぴったりと沿っているので、何も着ていないのと同じだとサントスは思った。

頭がずきんずきんと脈打つように痛む。僕の妻はこんなところで、あんなドレスを着ていったい何をしているんだ？　それも、じろじろといやらしい視線を向けてくる男と。サントスは激しい怒りを覚え、ゆっくりと妻のほうへ歩いていった。

ミアは、ぴったりとした革のパンツをはき、シャツの前をへそのあたりまで開けた軽薄男とおしゃべりするのに忙しく、数メートル先に夫が立っていることに気づいていなかった。男がぎょっとして、サントスに目をやるまでは。

「ええと……何かご用かな？」男はなまりの強い英語で尋ねた。

「ああ《シィ》」サントスはぴしゃりと答えた。「ミ・エスポサ」僕の妻だ。

サントスはミアに鋭いまなざしを向けた。男は口をあんぐりと開けていた。そして、ミアはついにサントスに目を向けた。彼女の顔から血の気が引いていき、鼻にあるそばかすがますます際立った。

「サントス……」か細い声だった。

「ミア」サントスは平坦《へいたん》な硬い声で言った。二人は見つめ合った。一秒ほどのことだったが、まるで永遠のように感じられた。サントスの中で、彼女との短い結婚生活が次々とよみがえった。有頂天になっていた最初のころ。そのあとにやってきた冷ややかな沈黙。二人の間にできた埋めることのできない溝。深い失望と悲しみ。そしていまのこの状況。

「僕は外すよ」ミアの隣にいた男はぶつぶつとそう言い、去っていった。そのあいだミアはずっと、青ざめた顔でサントスを見つめていた。

サントスは胸の前で腕を組み、ミアが何か言うのを待っていた。謝るなり説明するなり、とにかく何か言うことがあるはずだ。とはいえ、何を言おうと彼女のしたことが変わるわけじゃない。彼女は六週間前、突然僕のもとを去った。まるで泥棒のように夜中にこっそりと出ていったのだ。どこにいるのかも、そもそも無事でいるのかも知らせてこなかった。説明してもらわなくてはならない。サントスは冷たい怒りに駆られながらそう思った。

だが、ミアは何も言わなかった。少しすると、彼女はまるでサントスを退けるかのように目をそらした。サントスの中で抑え込んでいた怒りが爆発し、頭痛が激しくなった。六週間なんの音沙汰もなく、あげくの果てに、言い訳すらする気がないというのか？　サントスは手を伸ばしてミアの手首をつかんだ。彼女の肌は柔らかくひんやりしていた。

ミアは体をこわばらせた。「放してちょうだい」

「ここを出よう」サントスは険しい声で言った。

彼女は腕を引き離した。「あなたとはどこにも行かないわ」

ミアは痛めつけられたかのように腕を胸に当てた。サントスは痛い思いをさせていないことはわかっていた。それなのに彼女はまるで、僕が暴力を振るう男であるかのように振る舞っている。いったいどうしてなんだ？　非があるのはミアのはずだ。彼女は何も言わず出ていった。僕はその理由が知りたいだけだ。

「ミア、君は僕の妻だ」サントスは言った。「一緒に来るんだ」

「結婚しているからといって、私を所有していることにはならないわ」

サントスはゆっくり息を吸った。怒りにまかせて彼女をののしったところで、どうにもならない。頭がますます痛くなるだけだ。

「少なくとも話し合う必要がある。二人きりで。せめてそれぐらいはするべきだろう？」

ミアはためらったが、サントスは彼女の瞳に感情がよぎるのがわかった。

「頼む」

彼女はほっそりした肩を落としてやっと折れた。

「わかったわ」そう言うと、不安げにまわりを見回した。

いったい誰を捜しているんだ？　さっきおしゃべりしていた男か？　嫉妬なんてしたくない。でも、僕たちは夫婦なのだ。結婚の誓いは、彼女にとってはなんの意味もなかったのか？

「どこへ行くの？」

サントスは怒りと心の痛みを抑え込んだ。「ヨットを港に係留させてある」

ミアは目を丸くし、躊躇《ちゅうちょ》した。僕とヨットに乗るのがいやなようだ。なぜいやなんだ？　僕が怖いのか？

「僕に連れ去られると思っているのなら、そんなことはしない。だが、ヨットなら誰もいなくてくつろげるし、ここからそう遠くないんだ」

ミアは唇をかんでうなずいた。「わかったわ」そう言うとかがんでバッグをつかみ、肩にかけた。サントスはそれが、出会ったときに彼女が持っていたリュックサックだと気づいた。エメラルド色のサテンのドレスには不釣り合いに見える。ミアはまたためらいを見せ、きょろきょろとまわりを見回した。

「誰を捜しているんだ？　さっきの男か？」

「なんですって？　違うわ」彼女はかぶりを振った。「バーのオーナーを捜しているの。私、仕事をもらいに来たのよ」

仕事だって？　僕はこのバーを丸ごと買い取ることだってできるのに。なぜ仕事を探したりするんだ？　それについてはあとで話そう。それよりもまず、話し合うべきことがある。

「あとでわびを入れればいい」サントスはそう言い、

ミアのウエストに手を添えた。「さあ、行こう」

ミアの頭は混乱していた。サントスが手を当てているウエストが燃えるように熱い。彼に触れられるといつも熱くなってしまう。初めて会ったときからずっとそうだった。彼にウイスキーサワーを渡そうとして指が触れ合ったとたん、電流が腕を伝って心臓まで届いたのを覚えている。

体の震えを抑えようとする。サントスに気づかれたくない。いまでも彼がそばにいるだけで体が反応してしまうなんて。私はもう彼に会うことはないと思っていた。プライドの高いサントスが、わざわざ私を捜しに来るとは思わなかった。それに、彼は私にうんざりしていたはずだ。少なくとも彼はそんなふうに振る舞っていた。出ていく前の六週間は毎日が耐えがたく、永遠に終わらないように感じられた。つらさは日に日に増していき、私はこれ以上そこにいたら、自分の中の大事なものを失ってしまうと感じた。逃げることが唯一の選択肢だと思えた。

二人はバーを出て階段をおり、遊歩道に面した通りに出た。さわやかな潮風が吹きつけ、ミアのほてった頬を冷やす。ミアは大型ヨットがいくつも停泊している港に目をやった。サントスのヨットに乗ったことはない。彼がヨットを持っていることさえ知らなかった。とはいえ驚きではない。彼はなんだって持っている男だ。たった一つだけ、彼が心から望んでいたものを除いては。それは私たちの子供、私が彼に与えてあげられなかった子供だ。

罪悪感と後悔と悲しみが込み上げ、酸のようにミアの喉をひりひりさせた。もう忘れなさい。そう自分に言い聞かせる。そのことについてサントスと話すことはないだろう。これまでも一度もなかったのだから。

「それで、あなたのヨットはどこなの？」ミアが尋ねた。

ねると、サントスは灰色と金色の縦線が入った、流線型のヨットに向かって顎をしゃくった。灰色と金色は、アギラ家の鷲《わし》の紋章で使われているシンボルカラーだ。ミアは肩を怒らせ、胃のうずきを抑え込もうとした。

ゆっくりとヨットへ向かって歩き始める。サントスは歩調を合わせてくれた。渡り板の上にアギラ家の警護スタッフが立っていた。たしか名前はロナルドだ。いつも親切にしてくれていたが、いまは石のように硬い表情を向けている。

いまとなっては誰も彼もが私を嫌っているの？　だけど、嫌われても仕方ないんじゃない？　あんなふうに行方をくらますなんて、私は最低の妻だ。それに逃げ出す前だって、私はアギラ家の花嫁、そして未来の女主人として、ふさわしい振る舞いはまったくしていなかった。

ミアはロナルドに向けようとしていた笑みを押しころし、渡り板をのぼっていった。ヨットに乗り込むと、サントスは彼女をラウンジへ連れていった。革張りのソファやガラス製のコーヒーテーブルが配置されたその空間は、何もかもが豪勢だった。サントスは木製の両開きドアを閉めた。

ミアは唾をごくりとのみ込んだ。こんな状況に立ち向かう心の準備はできていない。サントスのもとを去ってから六週間たち、ミアは、彼との間に起きたことは果たして現実だったのだろうか、と思い始めていた。あんなふうに、あっという間に激しい恋に落ちることなんてあり得るのだろうか。サントスは私を愛していたの？　それともただ、恋にのぼせて何も見えなくなっていただけ？　答えはわからないままだ。でも、私たちは一緒にいればいるほど不幸せになっていった。だからきっと、サントスとの間にあったのは愛じゃなかったのだろう。自分たちは愛を見つけたのだと思っていたけれど、そうじゃなかった。相手に夢中になって我を忘れ、いっときの情熱に身をまかせてしまっただけ。そういう関係は本物じゃないし、長く続かなくて当然だ。

「何か飲む？」サントスはそっけなく尋ね、マホガニー製のミニバーへと移動して、グラスにウイスキーを注いだ。ジャケットのポケットから錠剤の入った包装シートを取り出し、アルミを破って錠剤を口に放り込むと、ウイスキーで飲み下し、空になったグラスをバーに置いた。

「なんの薬？」ミアが尋ねるとサントスは振り返り、バーにもたれて腕を組んだ。

「頭痛だよ」

ミアは一瞬、彼が皮肉を言っているのかと思った。つまり、ミアが彼の〝頭痛の種〟だと言いたいのかと思ったのだ。私を見つけるのは大変だっただろう。ミアはそう思った。私は足がつかないよう、現金だけを使ってスペインを移動したのだから。そのとき、サントスがぴくっと動いた。本当に頭が痛いようだ。

ミアは気まずそうにサントスを見つめた。サントスは沈黙を長引かせたいらしく、こちらをじっと見おろしている。どこか陰のある美しい姿を見ていると、過去の記憶がよみがえり、欲望でみぞおちがざわつくのを感じた。黒い髪。彼があおったウイスキーと同じゴールデンブラウンの瞳。きちんと整えられた短い顎ひげに、薄暗い照明を受けて際立つ引き締まった頬と顎のライン。広い肩にたくましい胸板。注文仕立ての服に包まれた筋肉質の体。六週間会っていなかったけれど、彼はまったく変わらない。少し疲れて見えるし、とげとげしさもあるけれど、それは私のせいだ。

ミアはまた唾をのみ込み、顎をきっと上げて彼のゴールデンブラウンの瞳を見据えた。

「それで、何を話し合いたいの？」

サントスは乾いた笑い声をもらした。「君は変わらないね」

「あなたもね」ミアはさらに顎を上げた。「なぜ私を捜したの、サントス？」

「君が僕の妻だからだ」

「私はあなたの所有物じゃないわ」ミアはそう言ったものの、これまで一度だってサントスに所有物のように扱われたことはなかった。少なくともそういう問題は二人の間にはなかった。

「君が僕の所有物だとは言っていない」サントスは落ち着いた声で言った。

彼は声を荒らげたり怒ったりしない。そして彼のそういう冷静さがミアを激怒させたのだ。ミアはけんかしたかった。醜い感情をすべて外に吐き出したかった。だがサントスは感情をさらけ出してはくれなかった。彼の瞳や引き結ばれた唇を見て、ミアは、なぜ自分が去らなければならなかったのかを思い出した。

「だったら」ミアは辛辣な言い方をせずにはいられなかった。「どうして私を捜したりしたのかしら。私たちの結婚は、愚かな過ちでしかなかったのに」

「言うな」彼はきっぱりと言った。

「言うなって何を？」

「僕らの結婚が過ちだったと」彼のゴールデンブラウンの瞳がきらめき、ミアの瞳を覗《のぞ》き込《こ》んだ。「僕らは誓いを立てたんだぞ、ミア。アギラ家の人間として、僕は誓いを重く受け止めているんだ」

「アギラ家の人間として、ね」ミアは言った。サントスは、スペインの由緒ある一家の当主であることに誇りを持っている。ずっと昔に貴族の称号は失ったものの、アギラ家はいまでも豪家として威信を保ち続けている。そんなアギラ家の男たちは有言実行を信条とし、約束や誓いを必ず守ろうとするのだ。

「男として、だ」サントスは訂正したが、ミアからすれば、そんなに違いがあるとは思えなかった。どちらにせよ意味することは同じだ。彼は私を愛していないし、敬意を抱いてもいない。そんなこと、彼にはできないのだ。これまでの彼の振る舞い——何度となく向けられた険しい表情や、非難をはらんだ沈黙から、ミアはそう結論づけていた。誓いを守らなければならないという理由で結婚を続けても、お互い地獄のようなつらさを味わうだけだ。これまでもそうだったように。

だからサントスが、信義を重んじる男でいたいがために私をセビリアに連れて帰るというなら、私は彼に、それはお互いにとっていい考えではないとわかってもらわなければならない。

だって、サントスが誓いを守る男なら、私は誓いを守る女だから。私は自分自身に、もうあんな思いはしないと誓ったのだ。サントスといたときに味わったような、あんなみじめな思いは。

## 2

サントスは歯を食いしばってミアを見つめた。頭はずきずきと脈打っている。早く薬が効いてほしい。少しでも痛みを和らげたい。だがいまのところ、痛みはますます激しくなっている。もう何年も、ここまでひどい片頭痛には苦しんでいなかった。つらい症状が起きそうな兆しがあれば——頭がずきっとしたり、視界がかすんだり、黒い点が見えたりしたら、すぐに手を打つようにしていたからだ。だがいまは、暗い部屋で横になって休むことはできない。いまは答えがほしい。とはいえ、冷ややかな視線をこちらに向けているところを見ると、ミアは僕の疑問に答えてはくれなさそうだ。

「君はなぜイビサ島に？」サントスは出し抜けに尋ねた。

いまの彼は肉体的にも精神的にも、もっと大きな疑問をぶつけられる状態にはなかった。

なぜ僕のもとを去ったんだ？

子供がほしくなかったのはなぜなんだ？

ミアは肩をすくめた。「別にいいでしょう？」

答えになっていない。だが驚くことではなかった。ミアはいつもはぐらかすのが得意だった。

「僕はまじめにきいているんだ、ミア」

「私もまじめに答えているのよ」ミアは言った。「すてきなところだと思ったの。バーでカクテルを出すのが私の仕事だもの。だから人々がカクテルを飲むところに行くのよ」そこで言葉をとめてから、投げやりな口調で続けた。「それに人が多いから、紛れて身を隠しやすいし。私、まさかあそこであなたに見つかるとは思わなかったわ」

サントスは顎が痛むほど強く歯を食いしばった。「じゃあ、君は僕に見つかりたくなかったんだね」

「そうよ」ミアが苦笑いを浮かべると、ブルーグリーンの瞳が輝いた。サントスは、彼女の瞳に溺れそうになった初対面のときのことを思い出した。あのとき、ミアはとても謎めいて見えた。だが同時にとても温かく気さくで、率直な人に見えた。自分とはまったく違っていて、そこが魅力的だった。ミアが笑うと、サントスは心が軽くなるのを感じた。彼女と一緒にいると、重い責任や義務や、過去のつらい記憶がはがれ落ちていったのだ。

「それで、そのドレスは？」サントスはミアが着ているドレスに顎をしゃくった。セクシーなイブニングドレスにしか見えない。「それも仕事の一部なのか？」

顔から笑みが消え、ミアは腕を組んだ。「いったい何が言いたいの、サントス？」

「ただ疑問に思っただけだ。カクテルをつくるのに、イブニングドレスを着る必要はないはずだ」

ミアは大きくため息をつき、肩を落として下を向いた。「そうね。これを着たのは間違いだったかもしれないわ。私はバーテンダーの仕事を希望したんだけど、店長のアーネストが接客係をやってみないかって言って、このドレスを渡してきたの」

「接客係」サントスは平坦《へいたん》な声でミアの言葉を繰り返した。「冗談だろう?」

「私、どういうことかわかっていなかったのよ」ミアは顔を上げた。怒りのせいか涙のせいかわからないが、瞳がきらめいている。「今日、店に着いたらすぐこのドレスを渡されて……そうね、私、何を考えていたのかしら。お金が底を突きかけていて、仕事が必要だったの。でももちろん、あなたが考えているようなことをするつもりはなかったわ」

僕の金を使えるのに、なぜ金に困るんだ? サントスは思った。僕はミアにキャッシュカードやクレジットカード、それに現金もたっぷり渡した。僕たちは婚前契約すら結ばなかった。僕の顧問弁護士は落胆していたが、アギラ家は資産をほとんど不動産や投資で保有していて、簡単に手をつけられないようになっている。結婚したころ、サントスはミアに夢中で、彼女と一緒になるのは正しいことだと確信していた。だからじっくり慎重に考えたり、理性的になろうとしたりはしなかった。そんなことはいちばんしたくなかった。彼はこれまでずっと、物事を冷静に判断して、負った義務を忠実に果たしてきた。だがミアといると、まるで別人になったように感じられた。それはわくわくする感覚だった。

とにかく、ミアははした金のために怪しげな仕事をする必要などなかったはずだ。サントスは彼女に一歩近づいた。頭に鋭い痛みが走り、視界がぐらつく。「それで」彼は口を開いた。「僕が考えているようなことって、なんなんだ？」

「見当もつかないわ！」ミアはきゃしゃな腕を大きく広げて、大声で言った。「そんなのわかりっこないでしょう。だって、あなたは何を考えているのか、絶対に口に出さないんだから。あなたはただ私を見るだけ――まるで、死んだばかりの飼い犬を見るみたいな目で」

「犬を飼ったことはないよ」サントスが静かな声で言うと、ミアは顔をくしゃくしゃにした。

「やめて、サントス」彼女は小さな声で言った。「もうやめてちょうだい」

この会話になんの意味があるんだ？　僕は理性的な男だが、どうやってミアを諭せばいいのかわからない。

「わかった。もうそういう話はしないよ。とにかく、君は僕と一緒にセビリアへ戻るんだ、ミア」それについては話し合いの余地はない。僕は妻に、あちこちのバーで働きながらヨーロッパを放浪させるつもりはない。

ミアは皮肉っぽく唇を歪《ゆが》めた。「あなた、私を連れ去るつもりはないって言わなかった？」

「ああ、君には自分の意志で戻ってほしい。僕らの結婚生活のために」

ミアはゆっくりと、悲しげに首を振った。「なぜなの、サントス？　私たちは一緒にいて幸せじゃなかったでしょう。お互いにみじめになっただけで――」

「やめてくれ」

今度はサントスがそう言う番だった。確かに僕たちはみじめだった。それは否定できない。でも、幸せだったときもあったのだ。もうあんな幸せは感じられないかもしれない。だが僕らはまだ夫婦なのだ。少なくとも一緒にいることはできる。僕がミアと夫婦でいることにこだわるのは、単に結婚の誓いを守りたいからだけじゃない。サントスはそれにいま気づいた。僕とミアは、特別で大切なものを分かち合っていた。彼女との結婚を投げ出したくない。たとえミアのほうは投げ出そうとしていても。

「ミア……」

彼はそう言いかけて動きをとめた。頭の痛みがピークに達したのだ。視界が揺れてかすみ、目をしばたたく。意識が遠のき、気を失うのだとわかった。

「サントス?」顔から血の気が引き、体をぐらりと揺らすサントスを、ミアは心配そうに見つめた。数回瞬《まばた》きをしたが目がうつろだ。口がだらんと開いてしまい、彼は力をこめて唇を結んだ。

「僕は……」彼はそう言うと前のめりになり、体を支えようとミニバーに手を伸ばした。

ミアは駆け寄ってサントスを抱きとめようとした。彼の体に腕を回すと、慣れ親しんだコロンの香りが漂った。その松の香りを、ミアは吸い込んだ。彼のぬくもりを感じ、体内で欲望が呼び覚まされる。とはいえ、いまサントスは気絶しそうになっている。こんな彼の姿は見たことがない。いったいどうしちゃったの?

「ロナルド!」ミアは取り乱したかすれ声を出し、サントスの体をまっすぐに支えようとした。

サントスは気を失っていた。彼の体がどっしりとのしかかり、ミアは後ろによろめいた。彼の背丈は百八十センチを少し超える程度だが、筋肉のついたたくましい体はとても重かった。

「ロナルド!」

ロナルドが部屋に飛び込んできた。勢いよく開けられたドアが、壁に当たって音をたてる。サントスはうなり声をあげた。

「大変だ!」ロナルドは慌てて駆け寄ってきた。

「いったいどうしたんです?」

「わ、わからないわ」ミアは言った。サントスの体を必死で支えているので腕が痛み、膝は恐怖で震えている。何か重い病気なのかしら。だから私を捜しに来たの？「彼……いきなり意識を失ったの」

そのとき、サントスが口を開いた。「ロナルド……」ろれつが回っていない。「ミグラーニャ」

ロナルドはうなずくと、たくましい腕でサントスを抱きかかえた。「私が寝室まで運びます」冷たい声で、ミアに出ていけと言っているかのようだった。

「私も一緒に行くわ」ミアは言った。

ロナルドは顔をしかめた。「その必要は――」

「私は彼の妻なのよ」たとえこの六週間ずっと、その事実を忘れようとしてきたとしても。「一緒に行くわ」

なぜ一緒に行くと主張しているのか、ミアは自分でもわからなかった。このヨットからおりて、イビサ島からさっさと逃げ出したいならいまが絶好のチャンスだ。とはいえそんなことをしても、サントスはきっとまた私を見つけるだろう。でもだからといって、彼の部屋についていって看病する必要はない。だが、なぜかいまミアはそうしようとしていた。

ロナルドはサントスを大きなダブルベッドに横たわらせた。

「片頭痛《マイグレーン》なのね」サントスがつぶやいた言葉からそう推測した。スペイン語を少ししか知らなくても、それは理解できた。

ロナルドはうなずいた。「ときどき起きるようです。ですが、普段はこんなにひどくありません」

サントスが片頭痛持ちだとは知らなかった。夫について知らないことはまだまだたくさんあるのだろう。だって、知り合ったのはたったの七カ月前なのだから。「ここからは私にまかせて」ミアは言った。「看病するわ」

ロナルドは眉根を寄せた。「ですが……」

「私は彼の妻なのよ」ミアはロナルド——というか、おそらく自分自身にそう言っていた。「私が付き添うわ」

「セニョールは、こういう姿を人に見せたがらないんです」ロナルドがそう言うと、サントスはうなり声をあげ、片手を差し出した。

「ミア……」

その嘆願するような声を聞いて、ミアは心が和らぎ、同時に痛むのを感じた。

「ほらね」ミアはロナルドに言った。「彼は私にそばにいてほしがっている」本当のところはわからないが、そう主張しておいた。

ロナルドはゆっくりと、ためらいがちにうなずいた。「わかりました。ですが、何かあればすぐに私を呼んでください」

「そうするわ」ミアは言った。ロナルドは再びうなずくと、部屋を出てドアを閉めた。


ミアは長いため息をついた。いったいなぜ、サントスの看病をするなどと主張してしまったのだろう。具合が悪い人の世話をするのは得意じゃない。母もそうだった。

〝しっかりしてちょうだい。私は面倒なことはごめんだわ〟

子供のころ、ミアは何度か学校で熱を出したり、腹痛を起こしたりしたことがあった。そういうとき、学校の事務員が母に電話をかけ、ミアを迎えに来るようにと言ってくれた。母は迎えに来たが、明らかにいら立っていた。まるで、ミアがつまらないことで大騒ぎしたかのように。具合が悪くなったミアに非があるかのように。

ミアは体調が悪くても元気そうに振る舞うことを覚え、弱みを人に見せないようになった。つらくてもそれを人に言ってはいけないし、人を頼ってもいけない——よくも悪くも、母のおかげでその教訓がミアの心に深く刻み込まれてしまった。ミアには母親以外に頼る人がいなかった。父親も友人も、親切な隣人もいなかった。孤独だったが、そのおかげで自分の足で立つことを覚え、強くなれたのだ――ミアはそう思いたかった。

ミアはベッドに横たわっているサントスに目を向けた。黒い髪は乱れ、苦しげに息を吸いながらせわしく瞬きをしている。具合が悪くて横になっていても、彼はとてもハンサムでセクシーだ。ミアはサントスが見つめてくるときの瞳のきらめきを思い出した。私にキスをしようとかがむと、きらめく瞳は濃さを増してブロンズ色になった。そして彼は柔らかな唇でしっかりと私の唇をとらえ、優しく愛撫《あいぶ》した。彼のキスは私を燃え上がらせ、同時に私の中に希望を芽生えさせた。やっと、私に目を向けて理解してくれる人、ありのままの私を愛してくれる人に出会えたのだと。

体に甘い震えが走り、ミアは過去の記憶を払いのけようとした。なぜいま、そんなことを思い出しているの？　サントスは私が出ていく前の数週間、私に触れようともしなかった。でも、私のほうだって彼に触れなかった。そんな勇気がなかったのだ。

恐る恐るベッドの端に腰かける。サントスは苦しげに声を出し、片手を差し出した。ミアはそっとその手をつかんで彼の体の脇に戻した。だが、サントスはミアの手を強くつかんだまま放そうとしなかった。ミアは、彼に手を握られるのがどれほど好きだったか思い出した。自分の指と彼のたくましい指をからめ合わせていると、自分が愛されていると感じたことも。

ミアはため息をついた。サントスはまたうなり声をあげ、まぶたをぴくつかせた。「ミア……」

「ここにいるわ」ミアは優しい声で言った。必死に心から追いやろうとしていた、サントスを愛《いと》しく思う気持ちがいっきによみがえってくる。彼は確かに私に冷たい態度を取ったかもしれない。でも心根はとても優しい人なのだ。それはよくわかっている。だからこそ彼に怒りを向けられ、非難されるのが耐えられないのだ。「休んで、サントス。片頭痛よ。眠らなくちゃだめだわ」

「痛みが……」彼はもごもごと言い、また目を閉じた。

ミアの胸が痛んだ。その痛みの強さに自分でも驚いた。夫が片頭痛持ちだと知らずにいたなんて。でも、サントスはいつだって強く、揺るぎない存在感を放っていた。彼のそういう雰囲気にミアは心強さを覚えていたが、徐々にいら立ちを感じるようにもなった。

「額にのせる冷たいタオルを持ってくるわ」ミアはサントスの手を放して、豪華なバスルームへ入ると、洗面タオルを濡《ぬ》らして絞った。ベッドに戻り、タオルをそっと彼の額にのせると、彼が声をもらした。

「ありがとう……」

ミアはほほ笑んだ。サントスは初対面のときからとても親切だった。あんなふうに優しく気遣ってくれる人に、ミアはそれまで出会ったことがなかった。単にドアを開けてくれたり、椅子を引いてくれたり、部屋に入っていったときに立ち上がってくれたりしただけじゃない。彼はミアの話に熱心に耳を傾け、気分よく過ごせているか、幸せかといつも尋ねてくれた。そして結婚して二週間後、妊娠を伝えたときの彼の嬉《うれ》しそうな顔といったら……。

だめよ。そのことは思い出しちゃだめ。あまりにつらすぎる。

ミアはそっとベッドからおりた。だが、ベッドを離れようとしたそのとき、サントスに手首をつかまれた。

「だめだ」サントスは目を閉じたままか細い声を出

した。「ミア……行かないでくれ」

嘆願するような声にミアの胸が痛んだが、それでもこう思わずにはいられなかった。もしまともな精神状態だったなら、サントスは私にこんなことを頼んだかしら。彼は私を取り戻したいのだと言うかもしれない。でも、本心からそう望んでいるとは思えない。彼が私をセビリアへ連れ戻したいと思うのは、それが彼のプライドや評判や信義に関わるからだ。でも、愛はどうだろう？　私は彼に愛されていると信じていたが、結局、そうではないと思わざるを得なかった。愛を育むのには時間がかかる。私たちは、愛のまねごとをしていたにすぎないわ。

手首を握られ、さっきの懇願がいまでも体の中で響いているのを感じながら、ミアは気がつけばベッドに戻っていた。サントスはミアを引き寄せた。ミアは最初、恐る恐る体を動かしていたが、最終的にはサントスの肩に頭を預け、曲げた両膝を彼に寄せて横になっていた。彼の香りを吸い込み、こんなふうに彼と寝そべったいくつもの夜を思い出す。私はあのころ、信じられないほど幸せだった。でも、いまはただ悲しいだけだ。

サントスの呼吸が落ち着き、ミアの手首をつかんでいた手がだらりと体の脇に落ちた。ミアはこっそりベッドを抜け出すこともできた。それが賢明な行動だろう。でも、なぜか彼女はそうしなかった。

サントスを起こしたくないだけよ。ミアは自分にそう言い聞かせてみたが、心の奥では嘘《うそ》だとわかっていた。本当のところ、そこを動かないでいるのは、単に心地がよかったからだった。彼の肩に頭をのせ、頬で彼の鼓動を感じて、彼のぬくもりに守られているのが心地よかった。サントスの呼吸が深くなり、こわばった体から力が抜けていっても、ミアはそこにとどまっていた。

# 3

朝の明るい日差しの中、サントスはぼんやりした頭で、目をしばたたかせながら部屋を見回した。いったい……何が起きたんだ?

断片的な記憶がよみがえってくる。バーでミアを見つけたこと。彼女が着ていたイブニングドレス。隣にいた間抜けな男。ミアが向けてきた高飛車なまなざし。ヨットでの悲しげな表情。口に出せなかった、たくさんのこと。襲ってくる無力感……そして、強烈な痛み。

どうやってこの部屋へ来たんだ? 思い出せない。いまわかるのは、自分がボクサーショーツだけを身に着けていること、ヨットが音をたてて揺れていることだ。もうイビサの港にはいないらしい。なぜだ? 僕はどれくらいのあいだ眠っていたんだ?

小さくうなり声をもらして上体を起こす。頭にはまだ痛みの余韻が残っている。激痛が襲ってきたのはいつだ? 昨夜か? 口の中がからからだ。ベッド脇のテーブルに目をやると、水差しと、すでに水が注がれたグラスが置いてあった。横には付箋が貼られていて、見慣れたミアの手書きの文字が並んでいた。

〈水を飲んで。寝ているあいだに脱水状態になっていると思うから〉

サントスはほほ笑んだが、すぐに喪失感に襲われた。結婚したてのころ、ミアはどこにでも付箋を貼って僕にメッセージを残してくれていた。特にべたべたした、甘ったるい愛の言葉を書くわけじゃない。

たいていはこういう実用的なメッセージだった。だが、サントスは愛されていると感じたし、ミアの丸っこい手書きの文字を目で楽しんでいた。でもミアは、出ていく何週間も前にメッセージを残すのをやめた。それはちょうど……。

僕たちは昨夜、そのことについては話さなかった。これまでも一度も話し合ったことはない。たぶん、話題にするにはつらすぎるからだ。はっきりと口に出せないことがありすぎる。そしてそれこそが、僕たちの抱える問題の根幹なのだ。

それとも、もっと単純なことなのかもしれない。ただ単に、僕らの相性が悪かっただけなのかもしれない。どちらにせよ、僕たちは結婚してから、そんなに時間がたたないうちにうまくいかなくなってしまった。

頭がまた痛み始めた。過去を蒸し返すのはいやだが、たぶん、そうしなければならないのだろう。僕とミアがこれから一緒にやっていくためには、過去と向き合うことが必要だ。たとえ、それがどんなにつらくても。

ドアが開く音がして、サントスは顔を上げた。開いたドアの隙間から、ミアのブルーグリーンの瞳がきらめいた。

「やあ」サントスはかすれた声で言った。

「どうも」ミアは部屋に入ってくると、ドアを閉めてもたれかかった。髪をゆるく編んでいて、おくれ髪がハート形の顔のまわりにまとわりついている。ロゴがかすれた古いTシャツを着て、下は裾が切りっぱなしのデニムのショートパンツだ。いまの彼女は、初めて会ったときのように、若くて自由そのものに見える。結婚してからは、そんなふうに見えないときのほうが多かった。青白い顔をして、疲弊しきっているように見えた。そのことにいま気づき、サントスは落ち着かなくなった。

「気分はどう？」ミアが尋ねた。

サントスは苦笑いを浮かべた。「よくなったよ。みっともない姿を見せてすまなかったね」

ミアはベッドに近づいてきて、端に腰をおろした。ショートパンツの裾から伸びる脚は長く、少しそばかすがある。編んだ髪がきゃしゃな肩にかかっている。彼女はベッドに片手をのせた。まだ結婚指輪をはめている。サントスは嬉《うれ》しかった。

「あなたが片頭痛持ちだなんて知らなかったわ」彼女は静かに言った。

サントスは顔を歪《ゆが》めた。「言いふらしてはいないんでね。それに頻繁になるわけじゃないんだ。一年に一度ぐらいだ」

「それでもよ」ミアはそこで黙り込み、ベッドに置いた手を見おろした。結婚指輪を見ているのだろうか？　彼女は何を考え、何を感じているのだろう。

そのとき、エンジン音が耳に入って、ヨットが海を移動していることに改めて気づいた。

「なぜ出港したんだ？」

ミアは澄んだブルーグリーンの瞳でサントスを見た。「あなたが予約した係留時間が二十四時間だったからよ」

「まだ二十四時間たっていないだろう？　僕がイビサに着いたのは昨夜だ」

ミアは編んだ髪の束を揺らしてかぶりを振った。

「いいえ、サントス。あなたは約三十六時間眠っていたのよ」

「なんだって？」サントスは背筋を伸ばそうとしたが、頭に痛みが走り、どさりと枕にもたれた。「いったいなぜそんなことに？」

「あなたは意識を失っていたの」ミアはほほ笑んだ。「たとえ嵐が来ても目を覚まさなかったでしょうね」

「信じられない」サントスはつぶやき、ミアに目をやった。「ここにいるんだね」彼がそう言うと、ミアは悲しげな笑みを浮かべた。「つまり……君は出ていくこともできたのに」

「そうね」

「なぜだ？」サントスは正直に尋ねた。「なぜ出ていかなかった？」

「ここは結構快適だし、それに私、いままでヨットに乗ったことがなかったの。私が新しいことに挑戦するのが好きだって知っているでしょう？」

「僕は真剣にきいているんだ、ミア」

ミアはまた下を向いた。「なぜかはわからないのよ、サントス。たぶん、眠っているあなたを置いていくべきじゃないと感じたんだわ」

「だが前は、僕が眠っているあいだに出ていったじゃないか」サントスは思わずそう言っていた。

「きっと」ミアは静かに言った。「もう同じことはしたくなかったのよ」

サントスは彼女の言葉の中に真実を探したが、見つかるかはわからなかった。「イビサ島に置いてきた君の荷物は？」現実的なことに意識を向けようとして尋ねる。「取りに戻らなくていいのか？」

「イビサの港を出て十二時間たっているから、いまから戻るのは現実的じゃないわ。でも私、荷物は全部持ってきているから」

「あのリュックサックだけか？」サントスはぎょっとして尋ねた。とはいえ、いまさら驚くことでもなかった。ミアはクローゼットを埋め尽くすデザイナーズブランドの服も、ベルベット張りの箱に入ったダイヤモンドやサファイアやエメラルドも、すべて置いて出ていったのだ。

ミアは肩をすくめた。「私が荷物をたくさん持たないこと、知っているでしょう。あのドレスをバーに返さなくちゃならないけど、すぐじゃなくていいと思うし」

サントスはミアを見つめ、彼女の意図を、そして自分の気持ちを見極めようとした。ミアが突然姿を消して以来、彼はいま初めて、なぜ彼女が出ていったのかではなく、なぜ彼女が、使い古した小さなリュックサックだけを持って出ていかなければならないと感じたのか、そのことを考えていた。

僕はその問いをミアにぶつけなければならない。たとえ、本当に答えを知りたいのかわからないとしても。

なぜ私はここに残ったの？

この三十六時間、ミアは何度も自分自身にそう問いかけたが、まだ納得できる答えは見つかっていなかった。一度彼を置いて出ていったのだから、同じことを繰り返したってよかったはずだ。私はこれまで何度も逃げ出してきたし、母にもそうしろと教えられた。

〝出ていくべきときが来たら、自然とわかるものよ〟母はよくそう言った。

ミアがおんぼろのアパートメントへ戻ると、母がミアとほとんど目も合わせず、バッグに荷物を放り込んでいたことがいったい何度あっただろう。たいていは男性から逃げるためだった――大家だったり恋人だったり、両方のときもあった。そのうちにミアは、出ていく時期が近づくと直感でわかるようになり、その土地でなんとか築き上げた生活に別れを告げる心の準備をするようになっていた。

サントスは視線を下に向け、両手で顔をこすった。

「シャワーを浴びたほうがいいな」

「そう思うわ」

手をおろした彼の瞳に、突然熱っぽい光が宿った。彼は、私とシャワーを浴びて過ごした時間のことを思い出しているのだろうか。恋に落ちたばかりのころ、私たちはよく一緒にシャワーを浴びた。互いの体を石鹸《せっけん》で洗い、笑い合いながらキスをして……そして、情熱に身をまかせた。

ミアは唾をのみ込み、ベッドから立ち上がった。

「私は部屋を出たほうがいいかしら?」

「そうだな」サントスは少ししてから言った。「だが、そのあとは話をしなくては」

「わかったわ」ミアはできるだけ軽い口調で言った。「話をしましょう」

ミアは部屋を出て、ヨットの後部にあるデッキまで歩いていった。青緑色の海原に、ヨットの船尾から白い波が広がっていく。ヨットはイビサ島を出発してから海岸部に沿って進んでいる。おそらく、セビリア郊外にあるアギラ家の地所に戻るのだろう。

マスタードイエローの高い壁に囲まれた、前面に巨大な柱廊のあるアギラ家の大邸宅や、一面に広がるセビリアオレンジとマンザニラオリーブの畑を思い浮かべ、ミアは体を震わせた。あそこには戻れないわ。つらい思い出が多すぎる。

サントスの母の姿を思い出す。彼女はとてもエレガントで、そしてよそよそしかった。親しげに振舞おうとはしてくれたが、私を冷たく見下した態度が和らぐことはなかったし、たぶんこれからもないだろう。でも私は彼女を責められない。私はアギラ家の花嫁にふさわしくない。家柄や血筋が優れてもいなければ、気品やしとやかさを身に着けてもいない。というか、そういうものからはかけ離れている。

ミアはため息をつき、デッキの木の手すりに両手をのせた。あそこへ戻る必要はないわ。そう自分に言い聞かせる。結婚していても自分の運命は自分で決められる。サントスとは話し合いをすべきかもしれない。でも話し合ったからといって、私たちがやり直せるのかは疑問だ。きっと、だからこそ私はここに残ったのだ。私を手放すよう、サントスを説得するために。それはそんなに難しいことじゃないはずだ。

「セニョーラ・アギラ?」ヨットの乗組員のガブリエラが、後ろから優しい声で尋ねた。「何か食べるものか飲むものをお持ちしましょうか?」

ミアは振り返り、ガブリエラに笑みを向けた。

「セニョール・アギラが目を覚ましたの。長い睡眠をとったあとだから、きっとおなかをすかせていると思うわ。彼のために何か食べるものを用意してもらえる? 果物とか、ちょっとした料理を……彼がどれぐらい食べたいのかはわからないけど」

ガブリエラはうなずいた。「かしこまりました、セニョーラ」

「ありがとう」サントスの使用人が自分の言いつけに唯々諾々と従うことに、ミアはいまでもぎょっとしてしまう。ミアは十六歳のころからずっと、ウエイトレスや家政婦の仕事をして食い扶持《くぶち》を稼いできた。豪華な空間で人にかしずかれるなんてあり得ない気がする。アギラ家の地所でサントスと五カ月暮らしても慣れることはなかった。ミアはいつも、自分はよそ者だと感じていた。

ミアのそういう疎外感を、サントスですら取り除くことはできなかった。ミアと出会って結婚するまでのあいだ、まったく仕事をしていなかったサントスは、休んだぶんの遅れを取り戻すことに追われていたのだ。サントスの母は、ミアをどう扱えばいいのかわからないようだった。おそらく彼女は、サントスとミアがすぐに別れることを望んでいたのだろう。使用人はみんな礼儀正しかったが、親しげではなかった。でもミアは、仕方のないことだとわかっていた。サントスが出会ったばかりのミアを妻にして連れて帰ってきたことは、アギラ家の地所に関わる人々全員を驚愕《きょうがく》させた。自由気ままに生きてきたアメリカ人のミアは、彼らが期待していたような花嫁ではなかった。

ミアは背筋を伸ばした。私たちは一緒にいないほうが幸せなのだと、サントスにわかってもらわなくてはならない。円満に離婚するか、もしくは結婚していた期間が短いことを考えると、婚姻無効の手続きも可能かもしれない。そしてそのあとは、サントスはもっとふさわしい女性と結婚すればいい。スペインの名家の令嬢とか。私はどうするの？　前に進むしかないわ。ミアは込み上げてくる寂しさを抑え込もうとした。

「ここにいたんだな」

ミアが振り返ると、デッキに面したラウンジのドア口にサントスが立っていた。クリーム色のリネンのシャツを着て、暗い色のゆったりしたスラックスをはいている。さっぱりとしていて、とても魅力的だ。髪はまだ濡《ぬ》れていて、ぴりっとしたさわやかなコロンの香りが漂ってくる。一瞬、ミアは彼の腕の中に飛び込みたいという衝動に駆られた。だが行動には移さず、片手で手すりをつかんだまま笑みをたたえた。

「ええ、ここにいるわ」明るい声で言った。「ガブリエラが食べるものを用意してくれるって。ヨットの食事をする場所って、なんて言うのかしら。ギャレー？」

「ギャレーは調理室のことだよ」サントスはにっこりして、ゆっくりとミアのほうへ歩いてきた。彼はさっきよりもずっとリラックスして見えた。「ダイニングルームでいいと思う」

「船ってどんな部屋にも決まった呼び名があるのかと思ったの。でも違うみたいね」

サントスは前にかがんで、ミアの肩にかかった髪の束を持ち上げ、そっと背中に移動させた。「ありがとう、ミア」

「ありがとうって、何に対して？」

「ここに残ってくれたことに対してだよ。ちゃんと話し合うつもりがあるんだろう？」

「私たち、きちんとけりをつけていないもの。話し合えば、二人とも前に進めるんじゃないかしら」

サントスのまっすぐな眉の間にしわが寄った。

「だから君はここに残ったのか。前に進むよう、僕を説得するために？」

「二人が前に進むためよ。それがいちばんいいの。あなただっていずれわかるわ。いまはまだそう思えないとしてもね。たぶん、私たちには区切りをつけることが必要なのよ」

彼は顔をさらにしかめたが、声は穏やかだった。

「じゃあ君はいまも、僕たちの結婚が間違いだったと思っているんだね」

ミアはゆっくりと首を振った。サントスが言ったことを否定しているのではない。サントスが、結婚が過ちだったと感じているのがミアだけであるように――そんなふうに振る舞っているのが信じられなかったからだ。「自分の心に正直になって。結婚の誓いがどうだとか、そういうことはいったん忘れてよ。あなた、間違いだったとは思わないの？」私たちは出会って、情熱に駆られた二週間を過ごしたあとすぐに結婚した。確かにその二週間は、ずっと一緒にいて幸せなときを過ごしたけれど、ただ恋にのぼせ上がっていたにすぎない。

とはいえ、私の人生に起きた最高の出来事だった。

「セニョール？　セニョーラ？」ドア口にガブリエラが現れた。「お食事の用意が整いました」

「ありがとう《グラシアス》、ガブリエラ」サントスはつぶやいて、眉根を寄せたままミアに背を向けた。「その質問にはあとで答えるよ。そして話し合いをしよう――あらゆることについてちゃんと話し合うんだ」

# 4

ガブリエラの仕事ぶりはすばらしいわ。ミアはダイニングルームに入りながらそう思った。

長いテーブルの端に、セビリア地方定番のタパス料理が並べられていた。イベリコ豚の生ハム、マンザニラオリーブ、ほうれん草とひよこ豆のタプナード和《あ》え、豚肉のウイスキーソースがけ。ボウルに新鮮な果物が盛られ、焼きたてのパンとマンチェゴチーズもある。二人がテーブルの角を囲んで座れるよう、クリスタルグラスやリネンのナプキンが配置されている。

心地よい空間だった。サントスはいつものごとく、ミアのために椅子を引いてくれた。ミアはありがとうとつぶやいて腰をおろした。

ミアの斜め横にサントスが座ったとき、彼の膝がミアの膝に当たった。彼のぬくもりが伝わり、ミアの心臓が早鐘を打った。わざとやったのかしら？ 彼のほうは膝が当たったことを気にしている様子はない。だがミアは気になった。この状況の何もかもがミアを敏感にさせ、そして不安にさせた。こんなにも近くにサントスがいるとどうしていいかわからない。彼との間には思い出が多すぎる。美しくてほろ苦い思い出、そして、いまでも私の体を震わせるつらい思い出。さっさと別れ話をするに越したことはない。だって、これ以上は耐えられそうにないから。

サントスはくつろいだ様子で、豚肉ののった皿を持ち上げた。「取り分けようか？」

ミアはヨットに乗り込んでからあまり食べていなかった。おなかはすいているが、いま、たくさん食べられるかどうかわからない。だが、無理やりうなずいた。「少しだけお願い」

サントスが二人の皿に料理をのせていった。氷の入ったワインクーラーの中でリオハワインのボトルが冷えている。彼はボトルを取って二つのグラスに注ぎ、自分のグラスを掲げた。

「それで」サントスはグラスを置いて椅子の背にもたれると、両手の指先を合わせた。「君の質問への答えだけど……僕が、僕らの結婚を間違いだと思うかっていう……」

サントスが言葉をとめ、ミアの体に力がこもった。

「その答えは二つの要素を含んでいる」彼は落ち着いた声で続けた。「まず第一に、僕は間違いだったとは思っていない。そして第二に、それはどうでもいいことだ。たとえ僕が、僕たちの結婚を間違いだったと思っているとしても、僕たちはまだ夫婦なんだから、立てた誓いを忠実に守るべきなんだ」

ミアは慎重にグラスを置いた。「まずは二つ目の要素は置いておきましょう」できるかぎり穏やかな声で言った。「なぜあなたは、私たちの結婚が間違いだったと思わないの？」

サントスは頭を傾けてミアを見つめた。「そもそも、なぜ君は間違いだったと思うんだ？」

ミアは乾いた笑いをもらした。彼は核心に触れないようごまかしている。でも、心の中の本当の気持ちを、少しぐらいはさらけ出すべきだわ。そうでなければ話し合いをする意味がない。

「私が思うに」ワイングラスの細い脚をいじりながら、ミアはゆっくりと言った。「私たちはあまりにも違っているから。それに、人生に求めているものも違うから」

「最初の理由には同意できる」サントスはほほ笑んだ。日焼けした肌に白い歯がきらりと光る。彼はいま、驚くほどリラックスして見える。「だが二つ目の理由については……君は本当のところ、人生に何を求めているんだい？」

その質問に戸惑ったミアは、グラスを持ち上げてワインをすすりながら、考えをまとめようとした。私は人生に何を求めているの？　安心感という言葉が真っ先に頭に浮かんだが、それを口にするのはやめておいた。なぜなら、もしそう言ったらサントスはきっと、私に安心感を与えられると主張するだろうから。彼のお金と権力、そして高い壁に守られた大邸宅があれば、誰よりも安心して暮らせると。

でも、私がほしいのはそういう類いの安心感じゃない。物理的な安心と、精神的な安心はまったく別のものだ。

出会ったばかりのころ、サントスはミアを物理的にも精神的にも安心させてくれていた。だからこそミアは彼のプロポーズに応じたのだった。人を簡単に信用しないミアだが、サントスのことは信じていた。こんなにすぐにうまくいかなくなるなんて、私たちはいったいどこで道を誤ったのだろう。ミアはそう思った。もう軌道修正する方法はないのだろうか。サントスはあると思っているようだ。でも私はもうくたびれ果てていて、そんな希望を抱くことはできそうにない。

「自由よ」ミアはついに口を開いた。だって精神的な安心って、つまりは自由があるってことじゃない？　傷つけられないように人と距離を取り、自分の道を突き進むことができるなら、それは安心感があると言えるのでは？

「自由か」サントスはゆっくりと言った。眉をひそめているが、声は穏やかだった。「正確には、どういう類いの自由だい？」

ミアは肩をすくめた。「ただ……自由でいることよ。自分で選択をして、自分のやりたいことができること」なんだか利己的な人間みたいだわ、と思った。でも正確には、私にとって自由が意味するのはそれだけじゃない。大事なのは、傷つけられないですむことだ。だがそれをどう説明すればいいのかわからないし、そもそも説明したいとも思わなかった。

ため息をもらし、皿の上のオリーブをつかんでかじった。「どちらにせよ、最初の理由のほうが重要なのよ、サントス。私たちは違いすぎるの」

サントスはまた両手の指先を合わせて後ろにもたれた。「正反対のもの同士こそ、強く惹《ひ》かれ合《あ》うって言わないか？」

「惹かれ合うっていうのは、そうね」ミアは言った。

私たちは確かに強く惹かれ合っていた。初めて会った夜、私たちはバーを出たあと、サントスが泊まっていた五つ星ホテルへ直行した。なんの迷いもなかった。高層階へと上昇するエレベーターの中で、私の心も舞い上がっていた。サントスはゆっくりと笑みをたたえて私の手を取り、私たちは初めてのキスをした。それはまるで、頭と心の中で火花が弾《はじ》けるような感覚だった。「でも、正反対の人間が一緒にやっていけるかどうかは、また別の話だわ」ミアは口にオリーブを放り込んだ。

「相手がどんな人生を送ってきたのか理解するのに、努力は必要だろうね」

「どんな結婚も努力を要するとは思うわ」

瞳をブロンズ色に光らせ、サントスは身を乗り出した。「じゃあ、うまくやれるよう努力しよう、ミア」

予想していたにもかかわらず、ミアはサントスの言葉に驚いていた。以前は、サントスはそんな努力をしたくなさそうに見えた。私は彼に努力してほしいのかしら？　それに、彼は本当に努力したいと思っているの？　そんな価値があるの？　私はこれ以上傷つくのも、罪悪感にさいなまれるのもいやだ。

もし、サントスにまたあんなまなざしを向けられたら――私は絶対に耐えられない。赤ん坊を失ったあの日、病院で、サントスはまるで犯罪者を見るような目で私を見てきた。

「そんなことしてどうなるの？」ついにミアは尋ねた。「私たちがうまくいかないことは、もうわかったはずでしょう」私が流産したあとの耐えがたい六週間のあいだに、いやというほどわかったはずだ。

「僕たちは、最初はとてもうまくいっていた」

「ええ、最初はね。多くの人が経験することよ。のぼせ上がっていたの」ミアはまたオリーブに手を伸ばした。「ただの火遊びだったのよ」

ただの火遊びだって？

怒りがうねりとなって、サントスの体中を駆け巡った。同時に、心の奥底では傷ついていた。僕のこれまでの人生で、ミアとの関係ほど大切に思えるものはなかった。それを彼女は、発情した男女の交わりにすぎなかったというのか？　確かに僕たちは激しい情熱にのみ込まれ、あっという間にそういう関係になった。だが、単なる火遊びなんかじゃなかったはずだ。僕は体だけの関係など持たない。多くの男がしがらみのないセックスを楽しんでいることは知っている――金や権力のある男は特に。だが僕は、そういう行為は権力の乱用だと思っていた。恋人ができればその人のことを気遣い、よい関係を築くよう努力してきた。

確かに、ミアはこれまで付き合ってきた女性とはタイプが違っていたし、僕たちは出会ってすぐに体を重ねた。だが、出会ったばかりの激しい情熱のさなかにいたときですら、僕はミアとの関係が刹那のものだなんて思ったことはない。もっとあとになって、ミアとの関係に疑問を抱く十分な理由ができてからも、僕は必死で自分を食い止め、疑いを持たないようにしていた。ミアは善良で、自分が思っていたとおりの女性なのだと信じ込もうとした。彼女が出ていったときでさえも。イビサ島のバーで、彼女が僕なしで人生を満喫しているように見えたときも。

そしていまも、僕は彼女を信じようとしている。

サントスは息を吸い込み、ゆっくりと吐いた。椅子の背にもたれ、ワインを一口する。荒れ狂う心を鎮めるために。

〝アギラ家の人間は、つねに自分の心と精神を制御しなくてはならない〟父の落ち着いた、威厳のある声がよみがえり、サントスは冷静さを取り戻すことができた。「じゃあ、なぜ君は僕と結婚したんだ？好奇心からか？」

ミアはその質問に困惑しているようだった。そして沈んだ表情になり、口を開いた。「私、舞い上がっていたんだと思うわ」用心深い声でそう言うと、オリーブをかじった。「すごく刺激的で、初めての経験だったから……我を失っていたの。それに、あなたといると、私……」彼女は言いよどみ、肩をすくめた。「信じていたの、私たちは幸せにやっていけるって。ほんの少しのあいだね」

「じゃあ最初のころは、君は僕たちの関係が、ただの火遊びだとは思っていなかったんだね」

ミアは眉をひそめ、オリーブを食べ終えた。そしてかぶりを振った。「でも、愛ではなかったわ」

ミアの声は確信に満ちていて、サントスは必要以上に傷ついていた。たった二週間前に出会った相手を、愛することなどできるのだろうか？だがサントスは、愛を見つけたような気分になっていた。少なくとも愛に近いものをミアに対して感じていた。愛ではなかったとしても……気持ちが沸き立ち、幸せで、圧倒されていた。

「なぜ愛じゃなかったんだい、ミア？」

ミアはサントスを見つめた。唇を開き、少ししてから声を出した。「サントス、本当の愛って、深く根をおろして成長していくものなの。突然燃え上がるようなものじゃないわ。あなただってわかっているはずでしょう。あなたは分別のある男性なんだから」ミアはサントスを見据えていた。大きなブルーグリーンの瞳は、海の水のように澄んでいた。「私たち、お互いのことをよく知らなかったわ……愛を感じるほどには」

ミアの言うとおりだ。サントスはそう思った。僕たちはお互いを知らなかった。それはわかっている。じゃあ、僕はいま、何を証明しようとしているのだろう。ミアが僕たちの間に愛はないと言ったことが、なぜこんなにも僕をいらつかせ、傷つけるのだろう。

「だからこそ努力が必要なんじゃないのか？」少ししてから口を開く。「愛は必ずしも簡単に手に入るものじゃない。何かを育むのには時間や努力や献身が必要だ。円満な夫婦関係を築くのだって同じことだ」だが、ミアは努力することを選ばなかった。彼女は家を出ていくことでそれをはっきりと示した。

「あなた、いったい何が言いたいの？　円満な夫婦関係を築きたいってこと？」ミアの声はあまりにも疑わしげで、サントスは笑ってしまいそうになった。

とはいえ心の中では、彼女のそういう態度にいら立っていたが。

「なぜ僕が、わざわざスペインを横断して君を捜しに行ったと思う？」

「正直言って、わからないわ。あなたにもわからないんじゃないの？」ミアはサントスに鋭いまなざしを向けてから、かぶりを振ってため息をついた。「あなたが追いかけてくるなんて予想外だったわ。てっきり……私がいなくなってせいせいしたと思っていたから」

「せいせいなんてしなかったよ」サントスはそう言ったあと、口を結んで黙り込んだ。ミアが出ていったときの自分の気持ち――ベッドで目を覚まして、彼隣にミアがいないと気づいたときの気持ちを話す気にはなれなかった。どれほど傷つき、屈辱感を覚えたか。拒絶されたと感じ、どれほど途方に暮れたか。ミアは書き置きすら残さずに出ていった。彼女は僕の気持ちなんてどうでもよかったのだ。

確かに、僕たちは苦難に見舞われた。そしてその苦難にきちんと向き合ってこなかった。だがサントスは、二人で乗り越えられると思っていたのだ。彼はミアを信じていた……少なくとも、信じようと努めた。でも彼女が出ていったとき、いっきに疑いがわき起こり、その疑いはそのあともサントスの中から消えなかった。サントスがいまここにいるのは、そういう疑いをねじ伏せ、彼女が思っていたとおりの女性だと証明したかったからだ。努力さえすれば、結婚生活を幸せに続けることができると。

「私は」ミアはゆっくりと言った。「もしあなたが私を捜しに来るとすれば——それは単に、自分の体面を気にしてのことだと思っていたわ。結婚生活を続けたいと心から思っているわけじゃなく、〝アギラ家の人間は言ったことは守る〟っていう信条に、強くこだわっているからだって」

サントスはゆっくりかぶりを振った。「ミア、結婚したなら、うまくやっていきたいと思って当然じゃないのか?」

「でも」ミアはくたびれ果てたような声で言った。「うまくいきっこない結婚を、必死でつなぎ止めようとしてなんになるの?」

「なぜ君は、僕たちの結婚がうまくいかないと決めつけるんだ?」

ミアは首を振って立ち上がり、部屋の隅へ歩いていった。サントスに背を向け、下を向いて自分の体に腕を回す。

「ミア」サントスは静かに呼びかけた。

「できないわ」ミアは小さな声で言った。細い背中が震えている。「ごめんなさい……私にはできないの」彼女は苦しげに息を吸っていた。泣き声をあげそうになるのをこらえているのだと、サントスにはわかった。

サントスは立ち上がり、ミアのほうへ足を踏み出した。彼女を抱き締め、なぐさめたかった。とはいえ、なぜ彼女がそんなに取り乱しているのかわからなかった。

僕は彼女に尋ねた。僕たちの結婚がうまくいかないと思うのはなぜなのかと。彼女は答えず、すすり泣きをこらえている。サントスのみぞおちが締めつけられた。ミアがこんなふうに反応している理由は一つしかない。それは、僕らが必死で話題にするのを避けてきたことだ。あまりにもつらすぎるから。

ミアがどう感じているのかはわからないし、知りたくもないが、僕はつらい。いまもじんじんと痛む心の傷から、僕はずっと目を背けてきた。愚かだが、そうしなければ日々を乗り切れないこともあるのだ。

「ミア」サントスはもう一度呼び、さらに一歩近づいて、両手でミアの肩をつかんだ。彼女の肌の温かさが手のひらに伝わる。ミアは体をこわばらせたが、離れようとはしなかった。また体を震わせ、すすり泣きをもらした。「ミア、話してくれ」サントスは言った。

ミアは体を震わせたまま、何も言わなかった。そして突然、サントスの手を振り払い、さっと体を離した。振り向いて、サントスを怒りのこもった目で見つめる。

「サントス」怒りを秘めた、冷ややかな声だった。「あなたのほうこそ、なぜ私との結婚を続けたいの？　私が赤ちゃんの命を奪ったと思っているのに」

強い罪悪感を抱いていたから。でもいま、その罪悪感はどこかへ行ってしまい、混じり気のない激しい怒りに支配されていた。

「ミア……」サントスはゆっくりと首を振り、両手を広げた。「君が赤ん坊の命を奪ったなんて思ったことはないよ。思うわけがないだろう」

ミアは乾いた笑いをもらした。「そうなの？　私にはそう見えなかったわ」

サントスは顔をしかめた。まっすぐな濃い色の眉をひそめ、不安と混乱で瞳が黒い光を帯びている。強い言葉で責められて戸惑っているようには見えるものの、彼がどういう気持ちでそういう反応をしているのか、ミアにははっきりとはわからなかった。ただ、驚いたふりをしているだけなのかしら？　それとも彼は本当に、私を責めてなどいないと思っていたの？

「僕は君を責めたことなど一度も――」

# 5

サントスの顔にはあからさまなショックが表れていた。そんなに驚くことなの？　ミアはそう思った。私はいまでもありありと思い出せる。彼が無言で、私を一人残して病室から出ていったときのことを。私は出血や痛みや悲しみと一人で向き合わなければならなかった。サントスを許せるかどうかわからない……彼が私を許せないのと同じように。

「違うとは言わせないわよ」ミアは怒りと悲しみのこもった低い声で言った。彼女は突然、攻撃的になりたいという危険な衝動に襲われた。これまで何カ月も怒りを抑え込んできた。怒りを感じる権利が自分にあると思っていなかった。起きたことに対して

「サントス、あなたは言葉で責める必要なんかなかったの。行動で示していたんだから。あなたが言ったことや取った行動――そして、あなたが言わなかったこと、取らなかった行動――それらすべてが私への非難を示していたわ」ミアは忘れたことがなかった。気まずい沈黙や、責めるような表情を。ミアが部屋に入っていくとサントスは必ず顔を背けた。まるで、彼女の顔を見るのが耐えられないかのように。あの二カ月は果てしなく長く、毎日が試練だった。そしてついにミアは壊れ――逃げ出したのだ。

サントスは眉間にしわを寄せて、しばらく黙ったのちに口を開いた。「じゃあ君は、僕が言ってもいないことを理由にして、僕をなじっているのか？」

「私を責めていなかったって言えるの？」ミアはサントスに挑むような視線を向けた。私たちはこれまでずっとこの話題を避けてきた。いま、やっと話ができて、ミアは実のところ嬉《うれ》しかった。たとえこの会話がどんな帰結を迎えようとも。「否定できないでしょう？」それは質問であると同時に、断言でもあった。「いいかげん本当のことを言ってよ、サントス。私たちは話し合いをしているんでしょう。だったら、何もかもとことん話し合わないと」

サントスの顔を悲しみがよぎった。彼は少しのあいだ視線を落として、そして再びミアを見据えた。

「わかったよ。だが、怒りにまかせてののしり合うのはやめよう」

いつものごとく、彼は極めて冷静に、感情は抜きにして対処するつもりなのだ。ミアの脳裏を過去の記憶がよぎった。あるとき、あまりにも感情を見せないサントスに腹を立て、ミアは彼に大声で叫んだのだ。だが彼はこう言い返した。〝僕の気持ちは君にはわからないよ〟いま、ミアは考えていた。それこそが問題だったのだと。サントスは決して、私に本音を打ち明けてくれなかった。私に心を開いてくれなかった。

でも、もしあのとき彼が抱き締めてくれていたら……抱き締め、安心させてくれていたら、ミアはきっと認めることができていただろう。罪悪感に苦しみ、悲しみにくれていて、でもそんなふうに感じる権利さえ、自分にはないのではないかと恐れていることを。そしてきっと、心の奥底にある思いをすべて打ち明けることができていただろう。でも、サントスはただ黙っていた。彼が何も言ってくれないことにミアは深く傷つき、そして心を閉ざした。サントスと同じように。

「私は怒っていないわよ」ミアはできるかぎり落ち着いた声を出した。そして本当に、いまは怒りを感じていなかった。心が疲弊しきっていて、感情を爆発させるエネルギーもない。「でも、あなたが明らかな事実すら否定する気なら――私たち、実のある話し合いができるとは思えないわ」結局のところ、私は少し怒っているのかもしれない、とミアは思った。無意識に握り締めていた拳を、意識して開く。「あなたは私を責めていたわ、サントス。少なくとも、責めているとしか思えないような振る舞いをしていた。二カ月のあいだずっと」

彼はまた無言になった。どう反応すべきか、冷静に判断しようとしているらしい。ミアのほうは、いまにも粉々に砕け散ってしまいそうな気分なのに。

「僕は赤ん坊の死のことで君を責めてなどいない」彼はついに言った。言葉を慎重に選んで発するさまは、まるで弁護士のようだ。「君は流産したんだ、ミア。どんな女性にでも起こり得ることだ。君のせいじゃない」

彼の言葉はロボットのように機械的で、まるで暗記したセリフをそのまま口に出しただけのように聞こえた。本心からの言葉だとは思えない。確かに、流産はどんな女性にでも起こり得る。超音波診断装置の画面に、心臓がとまった胎児が映し出されたとき、産科医は二人にそう言った。画面に映った、体を丸めた赤ん坊はとても小さかったが、腕も足も指も爪先もあった。ミアはそのとき、まだ妊娠十一週目だった。

「自分が流産したのはわかっているわ」ミアはサントスと同じくらい平坦《へいたん》な声を出そうと努めた。「でもだからといって、あなたが私を責めていないことにはならないわ。たぶんあなたは、私がわざと赤ちゃんを死なせたと思っているのよ」

サントスは嘲るような声を出した。「死なせたって、呪いか何かでかい？　僕はそんなことは決して思わない」

「私が胎児の健康を守る努力を怠ったと思っているんじゃないの？　ビタミンをとったり、十分に体を休めたり、カフェインをとるのをやめたり、そういうことをしなかったと」ミアはそのどれもしていなかった。妊娠したという事実をまだ受け止めきれていなかった。まったくの予想外だったからだ。サントスは大喜びしていたが、ミアは怖かった。そしてそんなミアの様子を見て、サントスは違う受け止め方をした。彼女が利己的で浅はかだから、子供をほしがらないのだと。でも、そんなに単純な話じゃなかった。本当はもっと複雑な事情があったのだ。

沈黙が流れ、ミアは図星を突いたのだとわかった。サントスは、私が赤ちゃんの健康に気を配らなかったと思っているのだ。

「そういうことをしたとしても、流産は避けられなかったと医者が言ったじゃないか」サントスはついに言った。本当は認めたくないかのような、慎重な口調だった。

「そうだった？」ミアは、産科医のオフィスで診察結果を聞かされたときのことを思い出してみた。心が空っぽになり、呆然《ぼうぜん》としていたときのことを。流産を経験した人向けの小冊子を医師が渡してくれたのは覚えている。あの小冊子はつらくて一度も目を通していない。「お医者さまがそんなことを言った記憶はないけど」サントスが警戒した顔つきになり、ミアはどういうことかわかった。「あなた、お医者さまにきいたのね？」大きな声で言った。「私を置いて病室を出ていったあと、先生に尋ねたんでしょう？　私がもっと気をつけていれば、流産しなくてすんだかって！」ミアは声を荒らげて責め立てた。

返事を聞かなくても、彼がそうしたとわかっていた。

「僕はただ、何が起きたのかを理解したかっただけだ」サントスは静かに言った。「君もそうじゃないのか。それとも……」眉をひそめ、突然、きっぱりとした口調になった。「それとも君は、流産してほっとしていたのか？」

ぎょっとして固まっているミアを見て、サントスは、いま言ったことを取り消したいと思った。そんなことを言うつもりはなかったし、そんなふうに感じたくもなかった。だが……本音の一部であることは確かだった。ミアは子供をほしがっていなかった。妊娠がわかったとき、彼女がそう言ったのだ。サントスはショックを受け、深く傷ついた。

「やっぱりそう思っていたのね」ミアの声はか細く、悲しげだった。サントスは彼女を抱き締めたくなったが行動には移さなかった。「どうして否定したの？」

「君のほうこそ否定するのか？」彼は言い返した。「ミア、君は子供をほしがっていなかった。君ははっきりと僕にそう言った。でも……君のそういう気持ちを知っているからといって、赤ん坊の死を君のせいにするなんてことはしない」喉がつかえ、サントスは涙が込み上げるのを感じた。僕たちの赤ん坊は、あまりにも小さくて、あまりにも完璧だった。

病院で産科医が流産を告げ、ミアが処置を受けたあの日、サントスはショックで頭が真っ白になっていた。あの日からずっと押しころしてきた悲しみが、いま大波となって押し寄せ、サントスをのみ込もうとしていた。

〝アギラ家の人間は、つねに自分の心と精神を制御しなくてはならない〟

彼は必死で悲しみを押し返そうとした。

「でも、あなたは私を責めていた」ミアは穏やかな声で言った。「私を責めてないなら、そんな質問をお医者さまにしなかったはずだもの」

サントスは目を閉じ、親指と人差し指でこめかみを押さえた。「僕は君を責めたことはない。頼むから信じてくれ」そう言ったものの、ミアの確信した様子を見ると、自問せずにはいられなかった。僕はミアを責めていたのか？　僕は傷ついていたし、怒りも感じていた。そして深い悲しみも感じていた。ミアが感じていない悲しみを。だから僕は口を閉ざした。そういう僕の態度が、ミアには冷淡に映ったのだろう。僕が彼女を拒絶しているように見えたのだろう。

だが、ミアも同じじゃなかったのか？　彼女も僕を締め出していた。僕の質問に答えず、自分の殻に閉じこもっていた。

「信じられないわ」ミアは静かに言った。「サントス、ごめんなさい。でも無理なの」彼女は背を伸ばし、顎をきっと上げた。顔は無表情だった。「それで、私たちにはどんな道が残されているのかしら？」

サントスは少しのあいだミアを見つめ、彼女が何を言おうとしているのか考えていた。「君は僕たちが別れるべきだと思っているんだね。僕の言葉を信じられないという、ただそれだけの理由で」

「あなたは私を責めていたことを行動で示した。でも、あなたはそれを認めようとしない。あなたのそういうところが私……」ミアは震える息を吐いた。「乗り越えられるとは思えないわ。もしかしたら、ああなってよかったのかもしれない——私があんなにすぐ妊娠して……そして赤ん坊を失ったのは、いいことだったのかもしれない」ミアは息を詰まらせ、続けた。「おかげで私たち、どれほど相性が悪いかわかったから……手遅れになる前にね」

ミアの理屈はあまりにもめちゃくちゃで、サントスはどこから反論したらいいのかわからなかった。歯を食いしばって怒りを抑え込み、努めて冷静な声を出す。「ミア、確かに僕たちは苦難を経験した。だからといって相性が悪いということにはならない。それに、どちらにせよもう遅いよ。僕たちは夫婦なんだから」彼はミアに一歩近づいた。「結婚の誓いは、君にとってはなんの意味もなかったのか？　よいときも悪いときも、病めるときも健やかなるときも、と誓ったのに？」

「あなたにとっては何か意味があるの？」ミアは切り返した。二人の会話はまるでテニスの試合のようになっていた。非難の言葉を投げられ、同じように投げ返す。その繰り返しだ。そんなことをしてもむなしくなるだけなのに。「あなた、私を病室に置いて出ていったじゃない。私が処置を受けたあとすぐにね。背を向けて、無言で出ていったわ」

ミアの声には悲しみが滲《にじ》んでいて、サントスはぎょっとした。あの日、自分が病室を出ていったこと——それをいままですっかり忘れていたのだ。そうだ、僕は無言で出ていった。ベッドの端に体を寄せて横になり、僕を見ることも、僕と話すことも拒否していたミアを置いて。僕はショックで呆然としていた。赤ん坊を失った事実に打ちのめされ、過去のつらい記憶もよみがえっていた。だから病室を出ていくほかなかった——正直なところ、出ていったときのこともあまり記憶にない。

「きっと、君が一人になりたいんだって思ったんだ」サントスは口を開いた。「君は僕と口をきこうとしなかった。たぶん、僕がもっと努力して、君に向き合おうとすべきだったんだろう。だがあのとき僕は……混乱していたんだ」いったん言葉をとめてから、言った。「すまなかった」本心ながらも、その言葉を口にするのは妙な感じがした。

「ああ、サントス」ミアはかすれた笑い声をあげた。「わからない？　私たち、お互いを遠ざけてばかりだった。困難が起きたときも、私たちは間違った行動を取った。深い悲しみの中でお互いに向き合おうとしなかった。というか、あなたは私が悲しくなかったと思っているんでしょう？」口調が辛辣になる。「あなたは信じてくれないでしょうけど、私は悲しかったの。確かに私は妊娠がわかったとき、大喜びはしていなかった。でも、赤ちゃんを失って打ちのめされていたわ」

「信じるよ」サントスは少しして言った。本心だった。もちろん、ミアが子供をほしがっていなかったという事実を取り消すことはできない。だがいま、サントスはその二つの感情が両立し得ることを知った。

「本当かしら？」

サントスは強いいら立ちを感じたが、なんとかそれを抑え込もうとした。「どうすれば僕を信じてくれるんだ、ミア。君は僕のことをひどい人間だと思い込んでいる」

「あなたのほうも、私をひどい人間だと思い込んでいるわ」ミアは両手を振り上げた。「こんな会話をしたってどうにもならない。だから、私たちは離婚すべきなの。あなたは決して私の気持ちを理解できないし、自分の心の内を見せてもくれない。夫婦としてうまくやっていけるわけないでしょう」

サントスは固まった。「なんだって？」

ミアは深く息を吸い、ゆっくりと吐き出した。

「あなたは私に心を閉ざしているわ、サントス。いつだってそう。あなたは感情を語ろうとしない。悲しみとか怒りとか、心の中で感じていることを私に話してくれない。私はあなたに心を開いてもらえるようもっと努力すべきだったのかもしれない。でもそんなことをしたら、あなたがさらに私を締め出すような気がしたの。その結果、気がついたら私、あなたに向かってわめき立てる羽目になってしまったわ。そして、ますます自己嫌悪に陥った。

どうして私が出ていったかわかる？　もう耐えられなかったからよ。あなたといると、自分がこの世で最低の人間になったみたいに感じる。それが耐えられないから出ていったの。私……ときどき思ったわ。こんなふうに感じるくらいなら、死んだほうがましだって」

ミアは震える唇を拳で押さえて嗚咽《おえつ》をこらえ、くるりと背を向けた。

サントスは信じられない思いでミアを見つめた。死んだほうがましだって？　僕のせいでそんなふうに感じていたのか？　認めたくなかったが、いまのミアの姿を見れば明らかだった。彼女は体を丸め、必死で嗚咽を抑え込んでいる。サントスの心は粉々になった。

なんてことだ。いったいなぜこんなことになってしまったんだ？

「ミア……」サントスは手を伸ばした。「ミア、頼む。セビリアに戻れば僕らはきっと――」

「私は戻らないわ」ミアは涙声で言った。「私はあの家には戻れない。とても対処できないの。あなたのお母さまや、銀食器や……」甲高い笑い声をあげた。「私はあそこへは戻らないわ、サントス。私を連れ戻そうとしないで」振り返ったミアの顔は青白く、涙のあとができていた。「お願いだからやめて！　私をあの家に連れ戻さないで！」

ここまで取り乱したミアの姿を、サントスは初めて見た。少なくとも流産して以降は見たことがなかった。いったいどういうことなんだ？　銀食器……？　サントスはそのとき気づいた。彼女が帰りたくない理由――そこには、僕がまだ知らないことが含まれているのだ。これまで僕が理解しようとしたり、把握しようとしたりしなかったことが。だが僕は知らなければならない。サントスは大股で二歩進んでミアに近づいた。彼女は声を詰まらせて泣いていた。頬に涙を伝わせながら、力なくサントスに目を向ける。

「ミア、頼む。大丈夫だから。僕は君を……僕たちは、セビリアへは戻らない」

ミアは涙声を震わせ、サントスを見つめた。「そう……なの？」

「ああ」サントスは毅然《きぜん》と答えた。とはいえ、とっさの思いつきではあった。来週はマドリードとローマで十以上の打ち合わせがある。セビリアで不動産ビジネスの舵取《かじと》りもしなければならない。スケジュールはぎっしりと埋まっている。だがいま、それはたいした問題じゃない。「セビリアへは戻らない。どこか別の場所へ、二人だけで行こう。僕はギリシアの小さな島にヴィラを所有しているんだ」いつか、ゆっくり滞在しようと思っていた場所だ。「しばらくそこで過ごそう。僕たちは新婚旅行に行かなかった。いまこそ出かけようじゃないか」

「新婚旅行……？」

ミアはあからさまに不審な顔をした。サントスは以前なら傷ついていたかもしれないが、いまは疑わしい顔を向けられて、ますます決意を固めていた。

僕は妻を捜しにわざわざイビサ島まで行ったのだ。

ギリシアへ行くことだってなんでもない。彼女の心を取り戻すためなら、僕はどこへだって行く。過去に起きたことがなんであれ、僕たちは二人で乗り越えられる。僕は結婚を続けるために必要な努力をする。ミアのために努力をする。結婚の誓いを立てたからとか、アギラ家の信条に関わるとか、そういうことだけが理由じゃない。僕とミアはすばらしい時間を分かち合ってきた。これからだってそんなふうに過ごせるかもしれない。いまこそ、妻の愛を手に入れるのだ。

## 6

日差しの中、ミアはゆっくりと目を覚ました。殴られたみたいに全身がひりひりする。少なくとも、精神的には一撃を受けた。目を閉じると、昨夜の激しい口論がよみがえってきた。必死でこらえようとした嗚咽《おえつ》。罪の意識。頭の整理がつかないし、自分とサントスがどうしたいのかも見当がつかない。だがとにかく、いま二人はギリシアへ向かっていた。

サントスがヴィラへ行こうと提案したとき、ミアは同意してしまっていた。戦うのにも逃げるのにもうんざりしていたし、お金もエネルギーも、希望もなかった。もしかしたら、すべてのストレスから解放されて、ヴィラで数日過ごすのはいい考えかもしれない。それでサントスとの関係を修復できるとは思わないが、彼のほうはそれが可能だと思っているようだ。

〝いい考えだよ〟彼はミアの肩をつかんだまま言った。〝いまの僕たちにいちばん必要なものかもしれない〟

まるで二人でヴィラに滞在すれば、何もかも解決するかのような口ぶりだった。少なくともゆっくり過ごすことはできるわ。ミアはそう思った。でも、また過去のことを話し合う心の準備はできていない。流産のことを話すのはつらかったが、昨日はまだ少し触れただけにすぎない。子供のことについては、腹を割って話し合っていないことがまだまだたくさんあった。もともと子供を望んでいなかった人間が、赤ん坊を失って悲しみに打ちのめされる――そういうふうに二つの感情を同時に抱けるということを、サントスは心からは理解できないんじゃないかと、ミアは思った。ミアの妊娠が判明したのは結婚してからわずか二週間後だった。もともと計画にはなく、避妊が失敗したことが原因だった。サントスは歓喜していたが、ミアはそうではなかった。

〝でも、ミア〟妊娠検査薬に浮かび上がったピンクの二本線を、嬉《うれ》しくなさそうに見つめているミアを見て、サントスは戸惑い、傷ついているようだった。〝赤ちゃんだよ！　男の子《ニーニョ》、それとも女の子《ニーニャ》かな？　どちらにしても……〟彼は愛《いと》おしそうに笑みを浮かべた。〝僕たちの赤ちゃんだ〟彼はミアの両手を握った。〝確かに早すぎるかもしれないけど、僕は嬉しくてたまらない。家族を持ちたいとずっと思っていたから〟そのときサントスはミアの悲痛な顔と、そしておそらく、彼女の手の冷たさにも気づいて、顔をしかめた。〝いったい……どうしたんだい？〟

〝サントス、私……私はまだ、子供を持つ心の準備はできていないの〟

サントスはにっこりした。〝赤ん坊はおなかの中で九カ月かけて成長するから大丈夫だよ！　出産を迎えるころには、きっと心の準備ができているはずだ〟

〝いいえ。そうはならないわ〟ミアが平坦《へいたん》な声で言うと、サントスの笑みが消え、苦々しい表情になった。それは、ミアがその後何度も目にすることになる表情――眉根を寄せ、ぎゅっと結んだ口の脇を下げた顔だった。

〝つまり……どういうことだい？〟危険なほど優しげな声だった。

〝わ、わからないわ。私はただ……心の準備ができていないのよ〟正直なところミアは、心の準備なんてできるかどうかもわからなかった。どうやったらいい母親になれるのかなんてわかるはずもない。母親の手本とはかけ離れた女性のもとで育ったのだから。でもそれをサントスに説明したくはなかった。説明したところで彼は理解してくれないだろう。きっとミアの不安を一蹴して、大丈夫だと言うに違いない。それはわかっていた。〝こんなのは、私たちの計画になかったし……〟そう言ったものの、出会ってすぐ結婚した二人には、そもそもたいした計画などなかった。二人とも相手に夢中になって、情熱と喜びの波にのみ込まれていたのだ。ミアはまだ二十六歳で、二人はまだ結婚して数週間しかたっていなかった。当然、子供を持つことは計画していなかった。

サントスはしばらくのあいだミアを見つめていた。ミアも見つめ返すしかなかった。彼女の手にはまだ妊娠検査用スティックがあった。規則正しく来るはずの月のものが来ないから、念のため使ってみたが、まさか本当に妊娠しているなんて……。

〝まさか〟サントスは険しい声で言った。〝そういうつもりなんじゃないだろうね。だってこの子は、君の子でもあると同時に僕の子でもあるんだよ、ミア。君の考えがどうであれ、赤ん坊を僕から取り上げる権利は君にはないと思う〟彼の声には怒りが滲《にじ》み、体はこわばっていた。

〝私が子供をおろすと思っているなら〟ミアは震える声で言った。〝それはないわ。そんなことは考えてない〟まだ頭が混乱していた。〝私は……自分が何を望んでいるのかわからないの。ただ……これは望んでいなかったわ〟

そのときのミアのためらいを理解していたかどうかでいえば、サントスは理解していなかった。彼はミアに背を向け、ぶっきらぼうに言った。〝そうか。でもとにかく、僕たちは子供をつくったんだよ。だから二人で対処するんだ〟

それで話は終わりだった。議論の余地はなかった。ミアはため息をつき、両足をベッドの端に移動させ、窓の向こうの海を見つめた。太陽の光が反射して、青い海がきらめいている。私はすごく幸運だわ。そう自分に言い聞かせた。何百万ユーロもする高級ヨットに、私と夫婦でいたいと思っている男性と一緒に乗っているのだから。サントスの妻でいれば、私は何不自由ない生活を送れるだろう。でも、精神的に満たされるかどうかはまた別の話だ。とはいえ、たとえ精神的に満たされなかったとしても、私は自分がいかに恵まれているかを自覚すべきなのだろう。手にしていないものではなく、手にしているもののことを考えるべきなのだ。

自分の身は自分で守るべきだという考えが、ミアの中に深く根づいていた。というのも、母親はミアに無関心を決め込み、ときに自暴自棄ですらあったから。ミアは小さいころからつねに用心をして、他人には心を許さないようにしていた。そういう心の持ち方は、あちこちを転々とする生活スタイルが原因で、ミアはそういう生活しか知らなかった。だからこそサントスと初めて会ったとき、自分の反応に驚いたのだ。彼女は不本意ながらも、最初から彼を信頼してしまっていた。そしていまでも彼のことを、根は善良な人だと信じている。確かに彼は頑固なところがあるし、ときには横柄にもなる。でもお互い欠点があるのは当たり前だ。二人で努力すれば、結婚生活を続けることはできるだろう。少なくとも、試してみることはできる。

それでもまだ、ミアはどこから始めていいかわからないのだった。始めることができるのかもわからなかった。これまでのことをすべて乗り越え、立ち直ることなんてできるのだろうか？

彼女はベッドからおりた。まずはシャワーを浴びて着替えをしよう。できることを一つずつやっていくしかない。そう自分に言い聞かせた。

二十分後、ミアは甲板下の部屋を出てサントスを捜しに行った。美しい夏の日だ。空気は暖かくて心地よく、薄ぼんやりした青色の空には白い雲が浮かんでいる。サントスは操舵席《そうだせき》にいた。潮風に黒髪を揺らし、操縦士用サングラスをかけている。ブロンズ色の肌が、白いリネンのスラックスとゆったりした紺色のボタンダウンシャツに映えている。リラックスしつつも泰然として見える。彼はミアに気づくと、白い歯を見せてほほ笑んだ。

「よく眠れたかい？」

「そう思うわ」昨夜は疲れ切っていて、ベッドに横たわったとたん眠りに落ちたのだ。潮風が強く吹きつけ、ミアは薄手のカーディガンの前を合わせた。

「それで、これからの予定は？」

「僕のヴィラのあるアモルゴス島に向かっている」

「あなたがギリシアにヴィラを持っているなんて知らなかったわ」

彼は軽く肩をすくめた。「言う機会がなくて」

「セビリアのお屋敷以外に、家をいくつ持っているの？」ミアは好奇心から尋ねた。これまで一度も家を持ったことがない人間からすれば、複数の不動産を所有するなんて想像の域を超えている。ミアはサントスと一緒にいても、彼がどれほど裕福かを意識しないことが多いが、いまは痛感していた。二人の住む世界は、天と地ほどもかけ離れているのだ。

サントスは眉根を寄せて考えた。「そうだな……ちょっと待ってくれ。アモルゴス島のヴィラ以外には、マドリードにアパートメントを持っている。仕事で滞在したり、母が買い物に出かけたりしたときに泊まるんだ。あと、カリブ海の島に一軒と、クロスタースにスキーシャレーがある」彼はにっこりして手を広げた。「それだけだ」

「それだけね」ミアは笑いをもらしてかぶりを振った。「そんなにたくさん家を持つなんて、私の想像の域を超えているわ。というか、一軒所有するのだって想像もつかない」

彼は眉をひそめた。「一軒もか？」

無意識に口をついて出た言葉だった。出会ってから五カ月間ずっと一緒に過ごしていたのに、ミアはサントスに子供時代のことをあまり話してこなかった。母親がシングルマザーで、引っ越しが多い生活だったことは伝えたが、細かいことはあやふやにしてごまかしていた。

でも、本気で夫婦関係を修復したいのなら、私は過去を包み隠さず打ち明けるべきなのだろう。いま、すべては無理だとしても、事実を少し伝えることはできる。

「自分の家も、アパートメントも持ったことはないわ」ミアは口を開いた。「母はあちこちを移動して生活するのが好きだったから」

「前にもそう言っていたね」サントスは考え深げに

言った。彼は操舵席を離れ、ミアの背中のくぼみに手を添えて、日陰棚の下のL字型のソファへ座るよう促した。コーヒーテーブルに、フルーツパンチの入った容器とグラスが数個用意されていた。サントスはフルーツパンチを二つのグラスに注ぎ、一つをミアに渡した。「何回ぐらい引っ越しをしたんだい？」

ミアはありがとうとつぶやいて、ソファの端で丸くなった。「とにかく何回もよ」正直に答えた。「数カ月ごとに移動することもあったわ」場合によっては、数週間で出ていくこともあった。「母は一つの場所にとどまって、しがらみができるのがいやだったの」

「でも、大変だったんじゃないか」サントスは首をかしげてミアに視線を這《は》わせた。「そんなに何度も引っ越すのは、楽しいものなのかい？」

ミアは肩をすくめた。「ほかの方法を知らなかったから」

「だとしても」サントスはフルーツパンチを一口すすり、グラスの縁の向こうからミアを見つめた。「引っ越すたびに、新しい土地で友達をつくるのは大変だっただろうね」

ミアは乾いた笑い声をあげた。「そうね。そのうち、頑張って友達をつくろうとしなくなったわ。ありがたいことに私、一人でいるのが好きだったから」

「お母さんはいまどうしているんだ？」サントスに質問されて、ミアは少しショックを受けた。結婚してからそんなに長くたっていないとはいえ、母親が健在かどうかも夫に話してこなかったなんて。

話したくなかったからだ。いまも話したくない。

「母は私が十七歳のときに亡くなったの。がんよ。病院嫌いだったから手遅れになってしまって。結局、あっという間に亡くなったわ」

「つらかっただろうね」サントスは静かに言った。「親を亡くすつらさはよくわかる」

サントスが若いころに父親を亡くしたことは知っている。でも彼も、そのことについてあまり話したくなさそうに見えた。それに、ミアのほうも尋ねなかった。自分がきかれたくないことは、人にも尋ねないものだ。

「あなたはお父さまと仲がよかったのね。私は、母が死んだときそこまでつらくなかったわ」

サントスは顔をしかめた。「そうだとしても、お母さんは君の人生を形作った重要な存在だ。僕の父が僕の人生を形作ったようにね」そこで少し間が空いたのでミアは質問をしようと思ったが、サントスはすぐに口を開いた。「十七歳は自活するにはまだ若い。お母さんが亡くなったあとは？　引き取って面倒を見てくれる親戚はいたのか？」

ミアはフルーツパンチを一口飲んだ。憐《あわ》れみはいらない。でもいまから話すことは、彼の同情を買うだろう。だからこれまで一度も話さなかったのだ。

「いいえ、いなかったわ」彼女はきびきびとした口調で言った。「でも問題なかったわ。どちらにしろ、私はすでに働き始めていたの。母の具合が悪くなったときに学校はやめたから。私、自分の食い扶持《くぶち》は自分で稼げたわ」

ダイナーでウエイトレスをし、ニューヨーク郊外のぼろ家に間借りした。狭くて薄汚くて、わびしい部屋だった。航空券が買えるだけのお金が貯《た》まると、すぐに別の土地へ移った。後ろを振り返ることは決してしなかった。

案の定、サントスはぞっとした顔つきになった。「でも十七歳だったんだろう？　まだ子供じゃないか……」

「あなた、十七歳のときに自分を子供だと思っていた？」ミアが尋ねると、彼は黙り込んだ。「百年前は、十五歳とか十七歳で結婚して子供をもうけていたのよ」ミアはそう言ってすぐに、子供の話を持ち出したことを後悔した。「私が言いたいのはね」すばやく続ける。「人によっては、早く大人にならなくちゃならないってこと。それで構わないの。私は平気だったわ」声が少し甲高くなってしまい、サントスが信じてくれないのではないかと恐れた。彼の穏やかなまなざしと引き結んだ唇からは、憐れみが漂っている。

ミアは歯を食いしばった。私は誰にも憐れんでほしくない。確かに私の子供時代は過酷だった。サントスのように、富や特権に恵まれて育ってはいない。でもそれで構わなかった。私は一人でなんとかやってきた。どこに住んでも友人はできたし、そこまで苦しい思いはしなかった。結果的には強くたくましくなれたのだ。

「確かに、ときには大変な思いもしたわ」ミアは認めた。「でも生き延びたし、強くもなった。どちらにせよ、もう私の話は十分でしょう。今度はあなたの話をしましょうよ」

サントスはソファの背にゆったりともたれた。

「わかったよ。僕の話をしよう」

サントスがすぐに応じたので、ミアは驚いたようだった。確かに僕らしくない。サントスは思った。だが、僕は変わろうと努力しているのだ。

いまは自分の話をしてもいいと感じている。というのも昨夜、長い時間をかけて、ミアに言われたことを考えてみたのだ。彼女は僕が心の内を見せないと責めた。ある意味、それは事実だと認めざるを得なかった。僕は感情を外に出さないよう教えられた。アギラ家の男たるもの、もろくて不確かな感情なんていうものは制御できて当然だと、そう教え込まれたのだ。大げさに感情を吐露するつもりはない。だがいま、少なくとも正直になろうと努力することはできる。

「何が知りたい？」彼は尋ねた。

「そうね……あなたがアギラ家の地所で育ったことは知っているわ。バルセロナの寄宿学校に入っていたことも。そして、二十一歳のときにお父さまが亡くなったことも。でもそういう出来事について、あなたがどう感じていたのかがわからないの」ミアはゆっくりと続けた。「お父さまとは仲がよかったの？」

「ああ」サントスは考える前に答えていた。父の顔を思い出そうとしてみる。濃い眉、切れ長の目、高くてすっとした鼻筋、引き締まった顎。父のことを思うと、必ずそのいかめしい顔が脳裏に浮かぶ。サントスは父を尊敬し、崇拝すらしていた。だが、仲がよかったと言えるだろうか？　その問いに答えられるかどうかはわからなかった。「父は強く、高潔な人だった」少ししてから彼は言った。「僕はいつも、父の輝かしい実績を継承したいと思っていた」

「思っていた？」ミアはおうむ返しに言った。「あなたは後継者として、もう立派に事業を継承しているんじゃない？」

「まだそうとは言い切れないよ」サントスは小さくほほ笑んだ。彼はいま三十四歳で、亡くなったときの父よりも十五歳若い。

「あなたはアギラ家のビジネスを、十三年間も取り仕切ってきたんでしょう？」ミアは目を見開いた。「なのになぜ、まだ言い切れないの？」

サントスは肩をすくめた。「わからない。たぶん、父と同じレベルには達していないと感じているんだと思う」こんなことを人に打ち明けるのは初めてだった。思っていたよりもずっと大変だった。「これからもずっと同じように感じると思う。偉大な親を持つと、誰だってそうなるんじゃないかな。特に意味があるわけじゃないんだ」

「あなたはビジネスを切り回すのが好きなの？」ミアは尋ねた。「つまり、楽しいと感じている？」

「ああ」サントスはすばやく答えた。「僕は経営者の血を受け継いでいるからね。別のことをしている自分は想像できないよ」それは事実だった。アギラ家の唯一の息子であるサントスは、生まれながらに義務を負い、日々、アギラ家の息子であることの意味を教え込まれてきた。

「それって質問の答えになっていないわよ」ミアは用心深い笑みを浮かべて言った。

サントスは首を縦に振った。「楽しんでいるよ。何から何までってわけじゃないけどね。というのも経営者の仕事は大半が、単調な事務処理の繰り返しだから。だが事業を守り、育て、発展させることが……」

彼はセビリアの地所を思い浮かべた。中核をなす大邸宅は約六百年前に建てられたもので、その壁には歴史が染みついている。そしてニエベス山脈に届きそうなほど広大なオレンジとオリーブの畑……だがサントスは、その場所を思い浮かべるのが必ずしも好きなわけじゃなかった。食い止めることのできなかった悲劇が起きた場所だからだ。セビリアオレンジのぴりっとしたさわやかな香りが漂う中、苦しげにあえぎながら、助けを求めて両手を伸ばしていた父の姿……。

いつものようにサントスは記憶を押しやった。思い出すのが耐えられないからだ。

「そのすべてが、僕の大切な仕事なんだ」毅然《きぜん》とした声で言った。「それに、うちの地所で働いてくれている人たち……オレンジやオリーブを、何世代にもわたって収穫してくれている農家から屋敷の使用人まで、全員が家族のようなものだ。僕は彼らに対して義務を負っているし、その義務を重く受け止めている」

ミアは考え深げな表情で黙っていたが、ついに口を開いた。「私たちって、思っていた以上にかけ離れているのね」

サントスは心が沈み、いら立ちさえわき上がってきた。それが感想なのか？

「あなたは家族だと思える人たちに囲まれて育った。一つの場所にしっかりと根をおろし、そのことがあなたという人の核となっている。でも私は一つの場所に長く居着いたことがないし、家族もいないわ」

ミアの淡々とした口調からは、自己憐憫《じこれんびん》はまったく感じられなかった。彼女は僕に憐れんでほしくないのだ。サントスはそう思った。確かに僕たちは、育った境遇があまりにも違う。でも、それは乗り越えられない壁ではない。ミアがその点で、悲観的に考えているのでなければいいが。

「思うに」サントスは少しして言った。「僕らの生まれ育った環境には、よい点もあれば悪い点もあったんじゃないかな。例えば君は、僕が夢にも思わなかった自由を手に入れていた」

ミアは眉を上げてかすかな笑みをたたえた。「あなた、自由を夢見ていたの？」

サントスは体をこわばらせたが、穏やかな声で言った。「ああ、ときどきはね。たいていの人はそうじゃないかな」

ミアはまだ考え込んでいる様子でうなずいた。

「じゃあ、私が自由を手にしていたとして……あなたは何を手にしていたの？」

「安定した生活だと思う。それと……帰属意識かな。自分が誰なのかわかっている感覚だよ」

サントスは自分が誰なのかよくわかっていた。アギラ家の人間であり、言ったことは必ず成し遂げる男。自分の運命の主導権を握り、もろい感情に屈せず、重い責任を進んで引き受ける男。

彼はミアと結婚したとき、背負っていた義務や責任をすべて投げ出した。それも、嬉々《きき》として投げ出してしまった。そのことにばつの悪さを覚えたものの、サントスはいまも、ミアと結婚したことを後悔はしていない。確かに僕はアギラ家の人間だ。でもミアがほしい。その二つは両立させることができるはずだ。させなければならない。

ミアの顔を何かがよぎったが、サントスはそれが何を意味するのかわからなかった。彼女はフルーツパンチを飲み干し、空になったグラスをコーヒーテーブルに置いた。「そうね。あなたの言うとおりだと思うわ」そう言い、ソファにもたれた。

彼女のつれない表情を見て、サントスは、これ以上は何も尋ねないでおこうと思った。僕たちはたくさんのことを打ち明け合った。いまはこれで十分だろう。

少ししてから、ミアはわざとらしいほど明るい声で尋ねた。「それで、私たちはいつアモルゴス島に着くの?」

「いま、ちょうどバルセロナの沖にいるんだ。あと二日でキクラデス諸島に着く。だがその前に……できればバルセロナに寄りたいんだ。そして買い物をしよう。君の荷物はリュックサックだけだし、僕のほうも、長く家を空けるつもりで荷造りしなかったから。君さえよければ、数日街に滞在してからアモルゴス島へ向かいたい」

ミアは考え深げに頭を傾けていた。「セビリアの家に山ほど服があるのに、買い足すのは気が進まないわ」

その服を、ミアは一着も持っていかなかったのだ。サントスはそれらを喜んでミアに買ってやった。彼女にプレゼントをたくさんあげたかった。だが彼女はサントスがプレゼントした服も宝石も、ほとんど身に着けることはなかった。そのことにサントスはいま気づいた。なぜ、僕が買ってやったものを身に着けなかったんだ？　彼は、いまは尋ねるべきではないと思った。

「残念なことに、君の服はセビリアにあって、ここにはない。いくつか買い足したって構わないさ。僕もそうだ。それに……きっと楽しめると思う」

視線がぶつかり、二人は見つめ合った。見つめ合っているうちに過去の記憶がよみがえってくる。僕たちは肉体的にも精神的にも多くを分かち合っていた。ミアと肌を重ねると、魂が揺さぶられるような感覚を抱いた。ばかげているかもしれないが、二人の体がつながった瞬間、心も結びついたと感じたのだ。

バルセロナの五つ星ホテルで数夜過ごせば……つまり、寝室をともにすれば……きっと楽しいはずだ。もう何カ月も、僕らはキスすらしていない。最後にキスをしたのはミアが流産する前だ。ミアの妊娠がわかったとき――彼女が妊娠を喜んでいなかったあのときから、二人の間にはずっと気まずい空気が漂っていた。サントスはミアの気持ちが変わって、母親になるのを喜んでくれることを期待していたが、そうなる前に赤ん坊を失った。そして、二人の関係はさらに悪くなってしまった。

瞳を陰らせ、唇を開いて吐息をもらすミアを見つめながら、サントスは、二人が共有していた情熱を取り戻したいと思った。彼女と情熱を交わすのは、いつだってすばらしかった。そして、そういう甘い時間を取り戻せたなら、ひょっとしたら僕たちの関係そのものも修復できるかもしれない。

ミアはサントスを見つめたまま、ゆっくりと慎重に答えた。「いいわ」彼女は唇に笑みをたたえ、サントスの血を沸き立たせた。「きっと……楽しめるわね」

# 7

ミアはこれまでいろいろな場所に行ったけれど、バルセロナは初めてだった。鮮やかな緑の丘を背に、テラコッタ色の建物が立ち並ぶ街には、象徴的な建造物がいくつも点在している。尖《とが》った角が船首のようなバルセロナ自然科学博物館、波打つ屋根が特徴的なサンタ・カテリーナ市場。そしてもちろん、着工して百五十年近くたってもいまだ完成を見ないサグラダ・ファミリア聖堂。ヨットをおりながら、ミアは街の美しい景色に目を奪われ、感激していた。まさに壮観で、すべてを目に焼きつけることなど不可能だった。

ヨットはポルト・ヴェル港に停泊させた。ヨットをおりると、サントスが手配した車がすでに待機していた。二人は車に乗り込み、高級ブティックが軒を連ねるグラシア通りにある〈マンダリン・ホテル〉へ向かった。

ミアはサントスと一緒に暮らしているとき、彼の富の大きさや豪勢な暮らしに現実感が持てなかった。アギラ家の大邸宅の部屋やギャラリーで、先祖の肖像画や、立体的な模様が施された木の壁や家具に囲まれていると、まるでぽかんと見とれている観光客になったような、そしてときには招かれざる客になったような気がした。サントスの母は、彼女なりに精いっぱい親切にしてくれたが、一人息子の選択を歓迎していないのは明らかだった。ミアは彼女を責められないと思った。自分が彼女の立場だったら、同じようにぎょっとしていたに違いないからだ。

セビリアのアギラ家の屋敷で過ごした短いあいだ、ミアとサントスは一度も遠出をしなかった。何度か外出して近場でディナーを食べただけだった。サントスはいつも仕事で忙しくしていたから、ミアにとって一日はとても長くうつろに感じられた。屋敷の中を場違いな気分でうろうろと歩き回り、サントスの母に怪訝《けげん》な目で見られたのを覚えている。サントスの母はきっと、サントスとミアの関係が長くは続かないと思っていたのだろう。確かに、あまり長くは続かなかった。ミアは、マドリードに住んでいるサントスの妹のマリナに会ったことすらなかった。

ホテルに到着し、豪華なロビーへ入っていくと、すぐにポーターが二人の荷物を預かってくれた。

「私、ペントハウスに泊まるのは初めてなの」エレベーターで最上階へ移動し、最高級のスイートルームに到着すると、ミアは部屋の中を歩き回りながらそう言った。流線的なデザインの家具や現代アート作品が配置された室内は、モダンで洗練されている。ガラスの引き戸の向こうには専用テラスがあり、そこから旧市街が一望できる。寝室は二つあり、主寝室には、金具や装飾がゴールドで統一された豪華絢爛《ごうかけんらん》なバスルームがついている。寝室のほかにはキッチン、リビングルームにダイニングルーム、そして書斎まである。身の回りの世話をしてくれる専属のバトラーがいて、滞在中はホテル専用車を自由に使えるという。何もかもがあり得ないほど贅沢《ぜいたく》だ。

ミアは、セビリアでも同じような特権を手にしていた。アギラ家の屋敷には何十人も使用人がいたし、すべてが贅沢の極みだった。でも今回のこの滞在は、セビリアでの生活とは違い、もっと私的な時間という感じがする。それはたぶん、いまはサントスと二人きりだからだろう。すぐそばで真顔で控えている使用人も、自分を快く思っていない義母もいないからだ。

ミアはセビリアから逃げ出すまで、自分がどれほど、あそこでの暮らしを耐えがたく感じていたか気づいていなかった。義母の慎重ながらも辛辣な声を思い出す。彼女は家族のディナーの席で、ずらりと並んだフォークをどれから使えばいいかミアに教えようとしてきた。そのディナーで、ミアはしくじってスプーンを落としてしまった。義母は、スペインの習慣や作法を身に着けるべきだとも言った。ミアは、まるで自分が野蛮人だと言われているように感じた。そしてサントスはいつも、広大な敷地の管理をするのに忙しかった。アギラ家の地所にいる人々にとって、ミアは空っぽの部屋をうろうろと歩き回るよそ者だった。

ありがたいことにいまの状況は違う。ここではもっと楽に息ができる。ただし、今夜起こることを想像すると、胸がときめいて息が速くなる。サントスがバルセロナに行くことを提案してきたとき、彼の瞳にあからさまな欲望が宿るのを見て、ミアは驚いてしまった。彼は今夜、私とベッドをともにしたいと思っているのかしら？　私はそうしたいの？

サントスの腕にもう一度抱かれることを切望している自分がいるいっぽうで、もっと慎重になって、心だけでなく体も守れと警告している自分もいる。

「くつろいでくれ」サントスは、ここが自宅であるかのようにのんびりと室内を歩き回っていた。彼はこういう贅沢な世界に慣れ親しんでいる。ミアは、自分がいつか彼のようになれるとは思えなかった。これも二人の間にある大きな違いだ。ミアは心の中で二人の相違点を数え、その多さに落胆しないよう努めていた。とはいえ、違いは明らかに存在しており、それは些細《ささい》なことなんかじゃなかった。出会ったばかりで恋にのぼせていたころは、二人がどれほど違っていようがたいしたことじゃないと思っていた。だが数カ月の結婚生活のあいだに、それはたいしたことなのだと痛感するようになっていた。たとえサントスは認めないとしても。

「いつ買い物に行くの？」

「数軒のブティックに電話して、僕たちのためだけに店を開けておいてくれるよう頼んだよ。だから出かけるのはいつでもいい。ディナーの予約は八時に入れてあるんだ。混雑は避けたほうがいいと思ったから」

「庶民《ホイ・ポロイ》にわずらわされたくないってこと？」

サントスは肩をすくめた。「まあ、そういう言い方もできるね」

「私も庶民なのよ、サントス。私と同席するのがいやじゃないといいんだけど」

彼は顔をしかめてから、わざと口角を上げて笑みをつくった。「いやじゃないとわかっているだろう、ミア」

「そうよね。でも……やっぱり私たちって、違いすぎているんじゃないかしら」

サントスは腕を組み、ミアがよく知っている頑《かたく》なな表情を浮かべた。「君は、僕たちが違いを乗り越えられないと決めつけているね」

「私はただ、現実的でいようとしているだけよ」

「それは悲観主義者の言うことだよ」サントスは組んでいた腕をほどき、両手を差し出してミアに近づいた。まるで、いまからミアを抱き締めようとするかのように。だが彼はそうはせず、彼女の前に来ると立ち止まった。「確かに君は由緒ある家筋の出じゃない。だからなんだい？　僕は気にしないよ」

「たぶん、あなたは気にすべきなんだわ」ミアは、これまで口に出す勇気がなかったことを、いま言わなければならないような気がした。いったん口に出すととめられなかった。「あなたのお母さまは気にしているわ。お父さまだって、生きていたら気にしたと思わない？　それにきっと、あなたの妹さんも気にしているんじゃないかしら」

痛いところをついたらしく、サントスのからかうような笑みが消えた。彼は両手をおろした。「僕の母がどう思うかは関係ない。父も関係ない。妹も、そんなことは気にしないよ。妹はマドリードで、テキスタイルデザイナーとして忙しく働いている」彼の表情が一瞬和らいだ。「そのうち会ってほしい。これまで紹介できなくてすまなかった」

ミアは思った。これまで妹さんに紹介されなかったのは、サントスの母がそれを望まなかったからじゃないだろうか。彼女は私を親族に会わせたがらなかった。私がサントスにふさわしい相手じゃないから。そして、どうせそのうち別れると思っていたから。

「じゃあ、家族のことはこれっぽっちも気にしないの？」ミアは尋ねた。「あなた、言ったじゃない。お父さまのようになりたいけれど、永遠に追いつけないような気がするって。私と結婚したこと……それも、お父さまに追いつけない理由の一つなの？お父さまはきっと、あなたに豪家の令嬢とか、そういうふさわしい相手と結婚してほしかったはずだもの」

私のようなアメリカ人の婚外子――定まった住居も持たず、あちこちを浮浪して生活していたような人間と結婚するのではなく。いま考えてみると、サントスの母は、精いっぱい私を歓迎してくれていたのだろう。彼女は私に冷たかったが、意地悪をしたりはしなかった。

サントスはくるりと背を向けた。「そのことについて話すのはよそう」不機嫌な声で言う。「僕は過去にとらわれたくない。僕たちはいまここにいるんだ。いまを楽しもうじゃないか」

それって、問題に向き合わずに会話を終わらせるための言い訳だわ。ミアはそう思った。でも、いまのところは受け入れよう。私も過去を蒸し返すのにうんざりしている。それに、バルセロナには数日しか滞在しないのだから、私だって楽しみたい。

「わかったわ」ミアは言った。そして、できるかぎり正直でいたいと思って付け加えた。「私はけんかを吹っかけるつもりはないのよ、サントス。それに、必要以上にことをややこしくするつもりもない。ただ……こういうことは重要なんじゃないかって思うだけ」

サントスは無理やり浮かべたような笑みをたたえて振り返った。瞳はまだ陰っている。「わかっている」そう言うと、近づいてミアの肩に両手を置いた。「わかっているよ」じっとミアを見つめ、ゆっくりと彼女の体を引き寄せた。ミアは不安定な足取りで彼に近寄った。心臓が激しく打ち始める。サントスは私にキスするつもりかしら。だが彼の表情は、キスをするにはあまりにも悲しげだ。

ミアの胸がサントスの胸板をかすめた。記憶が呼び覚まされて、痛いほどの欲望が突き上げた。彼の体が触れるだけで全身の感覚が研ぎ澄まされる。こんなふうに、小さな花火が肌で弾《はじ》けるような感覚にさせてくれる男性はサントスしかいない。いまもそれは変わらない。コットンのTシャツの上から伝わる彼の手のぬくもりを感じながら、ミアにはそれがわかった。

サントスの息がミアの髪にかかり、温かい彼の手はがっしりとミアの肩をつかんでいる。少しのあいだ、二人はただそこに立っていた。体内で欲望の波紋が広がり、ミアは体を揺らした。私に触れてキスをしてほしい。ミアの切望を、サントスも感じているはずだった。

すると、サントスはゆっくりと唇をミアの額に押し当てた。ミアは目を閉じた。その口づけは甘く優しげで、約束のようであり、しるしのようでもあった。彼はしばらくそこに唇をとどめてから、笑みを浮かべて後ろに下がった。とはいえ、まなざしはいまだに悲しげだった。

彼はミアの肩を優しくさすった。「一時間もすればブティックが開くはずだから、出かける準備をするのはどうかな」

「わかったわ」ミアは小さな声で言い、かがんで彼の手から逃れた。呼び覚まされた欲望に支配されて、全身が痛いほどうずいていた。


ミアが寝室へ入ってしまうと、サントスはくるりと体の向きを変えた。わき上がってきた欲望と、ミアに言われたことに対する動揺を抑え込もうとしていた。

〝お父さまだって、生きていたら気にしたと思わない？〟

彼女の問いはサントスの痛いところをついていた。というのも、もし父が生きていたら、サントスをほかの女性と結婚させようとしたに違いないからだ。


父は、サントスがまだ十七歳だったときに彼のいいなずけを選んでいた。アギラ家の長年の仕事相手で、由緒ある家柄であるルイス家の令嬢、イザベラだった。サントスは、イザベラとさまざまな機会で顔を合わせたが、彼女は従順で控えめで、将来サントスの妻になることを光栄だと思っているようだった。

サントスは、そのうち時間がたてば、イザベラと結婚しようという気になると思っていた。だが、結局何年たっても積極的な気持ちになれず、最終的に、彼女との結婚は反故《ほご》にするしかないと思った。

サントスはイザベラをディナーに誘い、お互いにぴったりの相手だとは思えないと伝えた。結果的にそれ以上、説明する必要もなかった。というのも、サントスにそう言われて、イザベラはほっとしていたからだ。彼女はほかの男と恋に落ちていたが、義務感からサントスと結婚するつもりでいたのだ。彼女は自由になれて喜んでいた。それはサントスも同じだった。

イザベラとの結婚がなくなったことに母はがっかりしていたが、サントスは母に、もっと自分に合う結婚相手を見つけてみせると言った。そして彼は、母親に言ったとおり、相手を見つけて結婚した。確かに、ミアは母が期待していたようなタイプの花嫁ではなかった。だが時間がたてば、そのうち母も受け入れてくれるとサントスは思っていた。

「準備できたわ」

サントスが振り返ると、ミアが寝室から出てきた。彼女は淡いピンクのサンドレスに着替えていた。肩の上で結ぶタイプの肩紐《かたひも》がついている。サントスはそれを見たとたん、その紐をほどき、サンドレスが滑り落ちて彼女の完璧な美しい体があらわになるのを見たいと思った。

「すてきだ」サントスはミアの顔を見つめて言った。本当は、細身ながらも出るべきところは出た彼女の体に視線を這《は》わせたくてたまらなかった。「行こうか」

最初に入ったブティックは、いけ好かない空間だった。二人が店内に足を踏み入れるなり、高級仕立て服に身を包んだ、鋭い目鼻立ちの痩せた女性店員たちが群がってきた。

「セニョール・アギラ」店員の一人が甘えた声を出した。「いつもお世話になっています。お母さまはお元気ですか?」ミアにちらりと目をやる。「こちらの方は……? ご友人ですか?」

「僕の妻だ」ミアがショックを受けているのに気づき、サントスはそっけなく答えた。

いっせいに翼をはためかせるカラスの群れのごとく、店員たちは口々に祝いの言葉を述べ、ぜひともアギラ夫人の服選びのお手伝いをさせてほしいと言った。

サントスはもう一度ミアを見た。顔が青ざめ、気分が悪そうに見える。彼は首を振った。「別の店に行くよ」きっぱりとそう言い、ミアの腕をつかむと、二人で店を出た。

広い並木通り沿いの歩道に出ると、ミアは震える笑い声をもらした。

「いったいどうしたの？　なぜあの店を出たの？」

「彼女たちが気に入らなかったんだ。気取っていてこざかしくて、鼻持ちならない」自分が本気でそう思っていることに、サントスは驚いていた。いままでは、たとえ不愉快な店員がいたとしても、まったく気づかずにいただろう。というか、そもそもそういうことになんの注意も払っていなかったのだ。だが今日は気になった。サントスがミアを妻だと言う前に店員たちがミアに向けていた、見下すような目つきが我慢ならなかった。

ミアがサントスをちらりと見た。驚いて目を丸くしているが、疑い深げでもあった。「私のためにそんなことする必要ないのよ、サントス。ありがたいけれど、私、自分で対処できないとだめでしょう。どちらにせよ、こういう場面を乗り切るすべを身に着けなきゃならないわ。もしあなたが私に、あなたと同じ世界で生きてほしいなら」

「たぶん、僕はその世界で生きたくないんだ」

ミアはさらに目を見開いた。「生まれつきのお金持ちなのに？　裕福な家に生まれたからこそ、いまのあなたがいるんでしょう？」

「確かに、生まれたときからアギラ家の豊かな財産には慣れ親しんできた。つまり、オレンジやオリーブや、一家の長い歴史だよ。だけど、ああいうファッション命の鼻持ちならないやつらは違う」

すると、ミアは笑い声をあげた。サントスがよく覚えている、気さくで楽しげな笑い声だった。すれ違った人が何人か興味深げに振り返る。彼女を笑わせていることがサントスは嬉《うれ》しかった。

「そうなの」ミアは瞳を輝かせてにっこりした。いまのミアは、出会ったころのミアのように見えた。サントスは彼女を抱き上げてキスを浴びせたいという衝動に駆られた。「わかったわ」ミアはそう言い、腕を彼の腕に滑り込ませた。そして、二人は次のブティックへ歩いていった。

幸いなことに、次に入ったブティックの店員は親しみやすい雰囲気で、すぐにミアを試着室へ連れていった。サントスはベルベット張りのソファに腰をおろし、ポケットから携帯電話を取り出した。信じられないことだが、もう丸一日以上、携帯電話のメッセージをチェックしていない。

サントスは画面をスクロールし、母親や不動産管理人、仕事関係者からのメッセージにざっと目を通した。不動産管理人と、マドリードにある本社の責任者にメッセージを送り、緊急の案件があれば迅速に対応するよう指示を出した。気がついたらメッセージアプリを閉じ、ほっとした気分で携帯電話をポケットにしまっていた。いまはそういうことに気を取られたくない。いま、ミアとの間で起きていることを邪魔されたくない。

「見てもいいかな」サントスは呼びかけた。少しするとミアが試着室のカーテンを開けて、はにかんだ笑みを浮かべた。彼女はドレスを着ていた。瞳と同じアクアマリン色で、肩紐はギリシア風にねじり上げられている。胸元が大きく開いているが上品で、同時にうっとりするほど魅惑的だ。光沢のある布地がヒップをぴったりと包み込み、足首の下までゆったりと流れ落ちている。

「こんなドレス、着る機会があるかわからないわ。でもお店の人が、私の瞳の色に合っているからって」

「すごく似合っている。それを買おう」サントスはすぐに言った。体中の血が熱く燃え上がっていた。ミアを抱き寄せ、ドレスの肩紐をおろしたいという欲求を必死でこらえる。「それに、着る機会ならある。今夜のディナーだ」そしてディナーのあとは、ぜひドレスを脱がせたい。

サントスの瞳に宿った熱望に気づいたらしく、ミアの笑顔が一瞬揺らいだ。だが、彼女はすぐにまた笑みをつくり、サントスに視線を這わせた。彼の体はますます熱くなった。彼女に触れたくて、手は痛いほどうずいている。

「じゃあ、これは買いね」そう言うと、ミアはゆっくりとカーテンを閉めた。

サントスはソファの背にもたれ、すばやく息をついた。脚の付け根のこわばりをゆるめようと姿勢を変える。今夜のディナーが楽しみだ。そして、そのあとに起きることも、待ち遠しくてたまらない。

# 8

ミシュランで星を獲得した高級レストランでのディナーとはいえ、ミアの服装は明らかに行きすぎだった。でもミアは気にしなかった。自分が美しく、欲望をそそる女性だと感じられたからだ。買い物を終えて数時間たっても、ミアは試着室から出たときにサントスが向けてきた視線を思い出してぞくぞくしていた。二人の間の空気を焦がすような熱いまなざしを受けていると、サントスと自分の体の相性が、どれほどよかったかを思い出した。

ブティックの店員の一人が、ミアがドレスを脱ぐのを手伝いながら、楽しげにつぶやいた。〝セニョールは奥さましか目に入らないようですね。あらあら！〟彼女は舌を鳴らし、にっこりして首を振った。

ミアは顔を赤らめていた。

私も彼のことしか目に入らない。ミアはそう思った。私たちは問題を抱えていて、その問題を解決することは不可能かもしれない。それでも私たちはまだ、肉体的に強く惹《ひ》かれ合《あ》っている。その事実を軽視すべきじゃないのだろう。体を重ねれば、言葉を交わさずに気持ちを通い合わせられる。話し合いですれ違ったり、黙り込んで相手を責めたりするようなこともない。ミアはわくわくしていた。いまはサントスと情熱を交わすことしか考えられない。

だがまずは、バルセロナで最も高級なレストランでの夕食だ。サントスが予約したテーブルは、街を見おろす屋上テラスの奥まった空間にあった。ほかの客からはベルベットのカーテンで遮断されている。

ウエイターに案内されて店内を進みながら、ミアは、ほかの客たちが興味深げに視線を投げてくるのに気づいた。アカデミー賞の授賞式に行くような格好をしているのだから仕方がないが、気にしなかった。サントスが、熱望と称賛のこもった目で、ミアの姿をじっくり味わうように見つめてくれていたからだ。

とはいえ、このドレスはちょっと行きすぎだったようだ。「私、ちょっと着飾りすぎだと思うわ」ミアはそう言ってテーブルに着いた。

「完璧だと思うよ」サントスは言った。彼のほうも完璧な姿だった。高価な注文仕立ての紺のスーツに、上のボタンを外した白いシャツが、ブロンズ色の肌を引き立てている。黒い髪は後ろに撫《な》でつけられ、シルバーとゴールドの高級腕時計が手首できらめいていた。「出会ったときみたいにきれいだ」

ミアは思わず笑い声をあげた。「本当に？　私の記憶が正しければ、あのときはTシャツと切りっぱなしのジーンズだったわ」

「わかっている。でも、僕には美しく見えた」

ミアはゆっくりかぶりを振った。そういう褒め言葉をどう受け止めるべきかわからない。何カ月ものあいだ、サントスとの間には凍りつくような沈黙が流れ、ミアは不満と悲しみと罪悪感を抱えて苦しんでいた。そしてミアは、もうサントスの口から出てくる優しい言葉を信じられないと感じた。だがいま、イビサ島で彼と再会してから初めて、ミアは彼の言葉を信じたくなっていた。

「なぜ、あのとき私に話しかけたの？」サントスのことを知れば知るほど、それがどれほど彼らしくない振る舞いだったのかわかるようになった。彼は物事を冷静に注意深く見極め、行動する前にありとあらゆる角度から検討し、すべての選択肢から最善のものを選ぼうとするのだ。

知り合って二週間しかたっていない女性と結婚するなんて、別の人格が乗り移ったと思われても不思議ではない。

「わからない」サントスは認めた。「夢中になって、分別を失っていたんだと思うよ。僕らしくないね。君もわかっていると思うけど」

分別を失っていた？　ミアはその言葉について、自分がどう感じているかわからなかった。私にとっては、あれはなんだったのだろう？　まるでこれまで行ったこともない場所に、両足で飛び込むみたいな感覚だった。そして、飛び込んだあとにどうなるかなんてまったく考えなかった。だって、サントスがほしくてたまらなかったから。

「僕は自分を抑えられなかった」サントスが言い、ミアを会話に引き戻した。「君の何かが僕をたまらなく惹きつけるんだ。いまもそうだよ。ほかにどうしようもなかった」サントスは笑い声をもらして首を振った。

「普段のあなたからは考えられないことよね。もちろん、当時の私にはわからなかったけど」

「確かに僕らしくない」サントスはうなずいた。「でも、正しいことだと感じたんだ」

　でも私たちはいまでも、一緒にいることが正しいと感じているかしら。かりに、正しいことだと感じているとしても、それが本当に正しいのかはわからない。私たちの間にはいまも依然として溝がある。それが埋められるかどうかもわからないままだ。

　ウエイターがメニューを持ってきた。ミアは受け取って開くと、思わず笑い声をあげそうになった。聞いたこともない料理の名前がずらりと並んでいる。アレパにアグロドルチェ、モチにガーナード？

　サントスはこともなげに、メニューに目を通して吟味していたが、ミアは途方に暮れていた。そのときフォークの数に気づいた。全部で六つある。ナイフとスプーンもだ。座ったときは気づかなかったが、テーブルはカトラリーで埋め尽くされている。恐怖がミアを襲った。

　ただのカトラリーじゃないの。そう自分に言い聞かせる。それに、どれから使えばいいかはわかるはずよ。以前ディナーの席で、サントスの母のエヴァリナから、外側から使えばいいのだと耳打ちされた。ミアは恥ずかしくてたまらなかった。とはいえいま思えば、あれはエヴァリナなりの親切だったのだろう。私に耳打ちするときの彼女の声は、かなりとげとげしかったけれど。

「どうしたんだい？」サントスは眉根を寄せてメニューから顔を上げた。

「何を注文しようか考えているの」ミアは言った。「どの料理もちんぷんかんぷんだわ」

「そうだな。僕も、オングレットがなんなのかまったくわからないよ。おいしいのかな」

「あなたも知らないの？」ミアは驚いて尋ねた。

　サントスは眉を吊《つ》り上《あ》げた。「なぜ知っていると思うんだ？」

「わからないけど……あなたにとっては全部おなじの料理なんだと思っていたわ。きっと、何度も食べたことがあるんだって。どのフォークを使えばいいのか知っているのと同じで」ミアはずらっと並んだシルバーのカトラリーに目をやった。

「黄金律に従っているだけだよ」サントスは言った。「外側から使えばいいんだ」

ミアは小さく笑い声をあげた。「私、あなたのお母さまにそう教わったわ」

「僕もだよ。だからきっと正しいはずだ」サントスはにっこりした。

彼の温かい笑顔を見て、ミアの心臓がひっくり返りそうになった。カトラリーを使う順番についてのちょっとした会話にすぎないけれど、もっと大きな意味のある、重要なものに感じられたのだ。まるで、何か大きな存在が教えてくれているようだった。ミアが恐れているほど、二人はかけ離れてはいないのだと。

もちろんサントスは、オングレットが牛肉の部位の名前だと知っていた。でもミアは知らないようだったし、彼はミアにくつろいでほしかった。ミアもサントスと同じ世界の住人で、彼のそばにいるべきなのだとわかってほしかった。そのためのちょっとした嘘《うそ》ぐらい、たいしたことはない。フォークに関する母の教えは事実だが、そのことを考えると、サントスは胸が痛くなった。セビリアの自宅のダイニングルームで、ミアがどれほど途方に暮れた表情をしていたのか思い出したからだ。

彼女はいまも少し、途方に暮れて見える。ミアがときおり浮かべる不安な表情にサントスは気づいていた。彼女はずっと、その不安を追い払おうとしているが、すぐに戻ってくる。僕たちは一緒にいるべきなのだと彼女にわかってもらうには、どうしたらいいのだろう。

そもそも、僕たちは本当に一緒にいるべきなのだろうか？

いや、僕はもう二度と疑いを持つつもりはない。疑問の声が心の中で大きくなるたび、僕はそれをかき消してきたじゃないか。僕とミアはすでにいくつかの問題を解決した。僕たちは努力して、よい方向へ進もうとしているのだ。

だからといって、ミアが僕の赤ん坊をほしがらなかったという事実は変えられない。

いまはそのことを考えないでおこう。サントスはそう自分に言い聞かせた。今夜のミアはとても美しい。そして、ときどき顔に不安がちらついたとしても、とても幸せそうに見える。彼女を抱き締め、少し開いた柔らかな唇にキスしたくてたまらない。だから疑いを心に入り込ませたくない。今夜は。

「じゃあ、あなたはオングレットを試してみるの？」ミアが尋ねた。

サントスはほほ笑み、疑いや懸念を必死でかき消そうとした。ミアの言うとおり、僕たちは違いすぎているのではないかという懸念を。違いがあっても乗り越えられる。すでに今夜乗り越えつつある。

「ああ」サントスは言った。「そうするよ」

二人はワインを飲みながら、五皿のコース料理を平らげた。地中海から月がのぼり、穏やかな水面を銀色にきらめかせていた。夜が深まるにつれサントスはくつろいだ気分になり、ミアのほうもリラックスしているのがわかった。彼女は頭を後ろに傾けて笑い声をあげたり、ゆったりしたほほ笑みを頻繁に浮かべたりしている。ときどき、彼女は手を伸ばしてサントスの手に触れた。ミアの指が肌をかすめるたび、サントスのあらゆる神経が期待でうずいた。

二人がレストランを出たときはもう真夜中近かったが、まだ多くの人が食事をしていた。街の通りは、旧市街へ繰り出す観光客と地元の人々でいっぱいだった。暑い夜を、そして可能性に満ちたバルセロナという街を、誰もが楽しんでいるようだ。

二人はホテルへの道をのんびりと歩いた。サントスはさりげなくミアの手を握り、指をからめた。サントスにとって、そうすることはとても自然に感じられた。たとえ彼女に触れたとたん電流が指から全身へ伝わり、ありとあらゆる感覚が呼び覚まされたとしても。二人は言葉を交わさずに歩いていたが、サントスは期待がますますつのり、欲望が高まっていくのを感じていた。

ミアにも同じように感じてほしかった。出会ったときから二人の体の相性がどれほどよかったか、ミアにも思い出してほしかった。ミアとのセックスは言葉を必要としない、最も純粋な意思疎通の形だと感じられた。サントスは今夜それを取り戻したかった。ただ喜びを味わうためだけじゃなく、これからの二人のために。

二人はホテルに入り、専用エレベーターに乗り込んだ。指をからめ合ったまま、何も言わなかった。どんどん上昇していくエレベーターの中で興奮が高まり、サントスの体はさらにこわばった。

エレベーターのドアが開くと、ミアはサントスの手を放し、彼の前に出て先にスイートルームへ入っていった。サントスは後ろからついていった。スーツのジャケットを脱ぎ、ミアがいまどういう気持ちでいるのか推し量ろうとする。いますぐミアがほしくてたまらないが、彼女にも同じ気持ちでいてほしい。

室内は薄暗かった。月の光がぼんやりと差し込み、進んでいくミアの体の輪郭がかろうじて見える。主寝室のドアの前で足をとめ、片手をドアの枠についたミアの美しい背中が、月の光を受けて浮かび上がった。

サントスも立ち止まり、期待を胸に抱いて待っていた。何か言ったほうがいいのだろうか。それとも、彼女が口を開くのを待つべきなのか？ 彼女がおやすみと言ってドアを閉めてしまったら、僕は耐えられそうにない。

ミアは顔を横に向けた。目を伏せ、息を吸い込む。そのとき、二人の間の空気が震えたように感じた。「よければ」ミアはささやくように言った。「ファスナーをおろすのを手伝ってもらえないかしら」

サントスは震える息を吐いた。「やってあげよう」ゆっくりとミアに近づく。手のひらが期待でうずいた。彼女が口元に笑みをたたえるのがわかり、体がいっきに熱くなる。

サントスはいま、ミアの体温が伝わるほど近くに立っていた。彼女の香りを吸い込む。アーモンドとバラの香りで、甘く、それでいて太陽の光のようにさわやかだ。ドレスの後ろはV字に開いていて、ファスナーの上止めは背筋の真ん中あたりに位置していた。サントスがファスナーに手を伸ばしたとき、指先がミアの肌をかすめた。彼女が体を震わすのを感じながら、彼はファスナーをゆっくりおろして、その一瞬一瞬を堪能した。

なめらかなドレスの生地の向こうから、さらになめらかな美しい肌が現れた。サントスはファスナーをウエストまでおろすと、そこで手をとめた。ミアは体を震わせて待った。そして、彼はファスナーをヒップの下までおろした。

サントスはさらに前に移動した。腿にミアのヒップが当たり、耐えがたいほどの欲望が体中を駆け巡る。ドレスの肩紐《かたひも》がずり落ちないよう、両手を彼女の肩に置いて押さえた。

「もっと手伝ったほうがいいかな」

ミアが唾をのみ込み、体を震わせて小さな声で言った。「お願いするわ」

サントスはゆっくりと肩紐をずらして、ドレスをウエストまで脱がせた。彼は頭を下げ、ずっとやりたかったことを実行に移した。ミアの温かく柔らかなうなじに唇を押し当てると、彼女は甘い吐息をもらした。

彼は両手を前に移動させ、ミアのむき出しの胸を包んだ。その温かさも重みも以前と同じだった。ミアは震える息を吐いてサントスにもたれかかった。サントスの親指が胸の先端を撫でると、彼女はさらに背をそらした。

サントスは手を下にずらしてミアのウエストをつかみ、ぐっと引き寄せて二人の体を密着させた。ミアがヒップを揺り動かすと、今度はサントスの口からうなり声がもれた。

「サントス……」ミアはかすれた声を出し、体をよじらせて向きを変えると、腕をサントスの体に回し、彼の唇に唇を押し当てた。サントスの体に電撃が走り、脳内で火花が弾《はじ》けた。ミアのキスは、彼女と過ごした熱い時間がどれほどすばらしかったかを思い出させた。

サントスはキスを深めた。ミアのウエストを再びつかんで強く引き寄せる。そして、二人は唇を重ねたまま、ときに笑い声をもらしながら、おぼつかない足取りで寝室へ入っていった。優しいキスはやがて情熱を帯び、欲望もあらわな激しいものになった。

ミアはドレスを蹴るようにして脱ぎ、床の上でくしゃくしゃになったドレスを見て笑い声をあげた。

「あれ、オートクチュールなのよ……」サントスに再び胸を包まれると、か細い声を出した。「ハンガーにかけないと」

「あのドレスを見たとき、僕は脱がせることしか頭になかったよ」二人は手足をからませながらベッドに倒れ込んだ。ミアがもらした笑い声を、彼は熱いキスで封じ込めた。

喜びに酔いしれながら、サントスは思った。これこそ僕がほしかったものだ。僕が必要としていたものだ。

## 9

ミアはベッドで手足を広げて仰向けになっていた。サントスは瞳をたぎらせ、頬を紅潮させせながら、両膝をついてミアを見おろしている。

サントスが震える指でシャツのボタンを外し始めた。ミアは体の脇で両肘をついて上体を支えた。彼女はレースのTバックしか身に着けていなかったが、恥ずかしくも怖くもなかった。

「私にやらせて」ミアは手を伸ばした。

ミアがボタンを外すあいだ、サントスは真剣な表情を浮かべ、食い入るようにミアを見つめていた。今度はミアの指が震えた。サントスとは数え切れないほど体を重ねてきたけれど、ここまで激しい熱情に駆られたことも、彼に抱かれることがこんなに重要だと感じたこともなかった。そして、こんなに神聖な気分になったこともなかった。過去は過ちだらけでも、目の前に広がる未来は果てしなく、輝いている。そんなふうに感じられた。

ミアはサントスのシャツを肩から脱がせ、ブロンズ色の屈強な体の手触りを堪能した。シャツを脱がせたあとは、ベルトのバックルに取りかかった。彼女がベルトを外して床に放り投げると、サントスは含み笑いをもらした。

続いてミアはスラックスのボタンを外し、下へおろしていった。彼の猛々《たけだけ》しい情熱の証《あかし》が手の甲をかすめる。サントスはスラックスを蹴るようにして脱ぎ、ボクサーショーツも脱いだ。ミアは荒い息をしながら、彼のたくましい体を見つめた。

「僕が思うに」サントスは優しい声で言い、指先でミアの腿をそっと撫《な》で上《あ》げた。「君は着込みすぎている」

ミアは笑いをもらした。「着込みすぎ？」いま、ミアが身に着けているのはＴバックだけだ。

「ああ、着込みすぎだ」サントスはＴバックのレースに指を引っかけて、口元に笑みをたたえながら、ゆっくり下へおろした。体にまとった最後のよろいが外されたそのとき、ミアの中で何かが揺らいだ。いま、私は一糸もまとわず、無防備な姿をサントスにさらけ出している。

サントスはミアの心の揺らぎを感じ取ったようだった。彼はミアの隣に横たわり、二の腕に彼女の頭をのせた。空いたほうの手でミアの下腹部に触れ、親指で恥骨をかすめる。少しのあいだ、二人はただ横になっていた。欲望に息を乱しながらも、心地よい安心感に包まれて、ミアはサントスを見上げた。

サントスは彼女の頬を手で包み、親指で唇を撫でた。

「君が恋しかったよ、愛しい人《ケリーダ》」

込み上げてきた涙をミアは瞬《まばた》きで追いやり、サントスの親指の腹にキスをした。「私もあなたが恋しかったわ」

サントスは頭を下げ、ミアの唇にそっと唇を重ねた。やがて激しい情熱に駆られて、二人はキスを深めた。二人の脚がからみ合い、ミアは腕を彼の体に回して引き寄せた。サントスは片手でミアのヒップをつかみ、互いの下腹部を密着させた。ミアがさらに腰を押しつけると、彼はうなり声をあげた。

「ゆっくり進めるつもりだ」サントスが唇を重ねたままつぶやくと、ミアが震える笑い声をもらした。

「ゆっくりって過大評価されすぎなのよ」ミアがさらに体をぴったりと押し当てると、サントスも応じた。ミアは体の奥で喜びが広がるのを感じた。「ゆっくりバージョンはあとでやればいいわ」

サントスはミアの両脚の付け根を手で包み、彼女の準備が整っているのを確かめた。

「いいのか?」

「ええ」ミアは彼を中で感じたくてたまらなかった。

彼はかすれた笑い声をあげると、ミアの上に移動して、両腕をついて体を支えた。真剣な顔でミアを見つめる。ミアは早く彼と一つになりたくてたまらなかったが、その短い一瞬のあいだに、とても重要なことが起きていると感じた。

「愛しているよ、ミア」サントスは確信に満ちた低い声で言った。

ミアはどきっとして、瞬きをしてサントスを見上げたが、サントスはしなやかな動きでさっと彼女の中へ分け入った。ミアは彼の肩に腕を回し、両脚を彼のウエストに巻きつけてさらに奥深くへ迎え入れた。彼の言葉に頭は混乱しているが、いま彼女を突き動かしているのは欲望だった。サントスがゆっくりと動き始め、ミアは彼の動きに身をまかせた。さっき彼が口にした言葉は、二人の動きと同じリズムを刻みながら、ミアの中で鳴り響いていた。

愛しているよ、ミア。愛しているよ、ミア……。

二人は同時に動きながら、高みを目指して突き進んだ。サントスは苦しげに息を切らし、ミアは甘い悲鳴をあげていた。ついに弾《はじ》けるような絶頂が訪れ、ミアの体は彼を包み込んだまま激しく痙攣《けいれん》した。喜びの激流にのまれ、頭が真っ白になる。

サントスはミアの首筋に唇を押し当て、クライマックスに体を震わせた。ミアは頭を枕に投げ出して目を閉じ、圧倒的な愉悦に酔いしれてぐったりと横たわった。

サントスはゆっくり体を離すと、ミアに優しくキスをしてからベッドをおり、バスルームへ行った。ミアは顔にかかった髪を払いのけて呼吸を整えた。いま私たちがしたことによって、何かが変わったのだろうか。サントスはどう思っているの？　私も彼に愛していると言ったほうがよかったの？　それとも言ってしまっていた？

ミアはベッドから出て、クローゼットにあったタオル地のバスローブを着た。床からしわくちゃになったドレスを拾い上げ、ハンガーにかけた。

サントスはバスルームから出てこない。ミアは少し不安になった。彼は、さっき弾みで言ってしまったことを後悔しているのかしら？　あの言葉は、彼の心の奥深くからやってきたように聞こえた。でも、だからといって真実だとは限らない。

キッチンへ行き、冷蔵庫から炭酸水のボトルを取ってテラスへ出た。じきに夜が明けるが、バルセロナの街はまだ賑《にぎ》わっていた。パーティをしているのか、建物からは明かりがもれ、賑やかな音楽が聞こえてくる。ミアは手すりの前に立ち、世界を見おろしながら、そよ風がほてった肌を撫でるのを感じていた。

いまの自分の気持ちがよくわからない。ほろ苦い喜びと悲しみ、不安と期待が入り混じっている。私は大きな過ちを犯したのだろうか。あんなふうに、サントスに体と心の一部を捧《ささ》げてしまうなんて。

私は何をそんなに恐れているのかしら？

傷つくことだわ。ミアはそう思った。求めた相手に必要とされず、自分は取るに足りない存在だと思い知ること。母親にすら愛されなかった私を、いったい誰が愛してくれるというのだろう？

ため息をついて目を閉じる。心に抱えた恐れや不安を、いつか手放せる日が来るのだろうか。

「気分はどう？」

サントスの声が聞こえ、ミアはすばやく息を吸い込み、明るい笑みを浮かべて振り返った。

「いい気分よ」わざとふざけた口調で言う。「すごくよかったわ。あなたは？」

「僕も最高の気分だ」サントスはミアに近づいてきた。ゆったりしたスラックスをはいて、上は何も着ていない。「君はすばらしかった」ミアの手を取ってゆるく指をからめ、体を引き寄せた。

「私一人がすばらしかったんじゃないわ」ミアはいたずらっぽく言った。

「ミア……」サントスは不安げな低い声を出した。ミアは体をこわばらせた。彼は何を言うつもりなのかしら。「僕たちは避妊具を使わなかった」

安堵《あんど》が押し寄せ、ミアはにっこりしてかぶりを振った。「大丈夫よ。私はピルをのんでいるから」

サントスは顔をしかめ、指に力をこめたかと思うと、つないでいた手を放した。「なんだって？」

ミアがピルをのんでいる？　なぜだ？　それになぜ、僕に教えてくれなかったんだ？　出会って恋に落ちたころ、僕たちは避妊具を使っていた。とはいえ、避妊は失敗したのだが。そしてミアが流産してからは、避妊する必要はなかった。僕たちは、互いに触れることさえほとんどなかったからだ。

どうしてミアはピルをのんでいるんだ？

ミアは笑い声をもらし、サントスの顔を眺めた。

「なぜそんなに……不満げなの？」

サントスは腕組みをした。心が不安定な状態に置かれているのがいやだった。さっきミアに愛していると言ったばかりだ。思わず口をついて出た言葉だが、本心だった。たとえミアが同じ言葉を返してくれなくても。そしていま、ミアはピルをのんでいると言っている……なぜなんだ？「なぜ君がピルをのむのか理解できないな」

「ええと……妊娠を防ぐため？」ミアは眉根を寄せて首をかしげた。「こういう夜に、パニックに陥らないですむように？」

「君がこういう夜を想定していたとは思わなかった」サントスは冷静な口調で言ったつもりだったが、口元はこわばっていた。僕は大げさに反応しすぎているのかもしれない。でも、僕はミアと同じ思いを共有していると思っていた。これまで同じような気持ちを味わってきて、二人の置かれた状況についても、同じような感じ方をしているのだと。でもいまとなってはわからなくなってきた。「君は何週間も前に家を出ていったし、僕が捜しに来るなんて思っていなかったはずだ。いったいいつからピルをのんでいるんだ？」かなり前からのんでいるに違いない。イビサ島で僕に見つかってからは、処方箋をもらいに行く時間はなかったはずだから。それに、薬の効果を確実に得るためには、一週間以上前からのみ始めるのが普通だ。僕と離れているあいだにピルが必要だったということか？

そのときサントスは、イビサ島のバーでミアが着ていたセクシーなエメラルドグリーンのドレスと、彼女の隣にいた男を思い出した。サントスの中で、動揺がぞっとするような疑念へと変わっていく。ミアとあの男は深い仲だったのか？　なんてことだ。僕は疑わしい点があっても彼女を信じた。だがいまは、信じるのが難しいと感じる。

ミアはサントスの表情から彼の考えていることを読み取ったらしく、腕を組んで眉をひそめた。

「何が言いたいの、サントス？」

いら立ちがサントスの中を駆け巡った。なぜ妻が離れていたあいだに避妊をしていたのか、疑問に思うのはおかしなことじゃないはずだ。「僕はただ質問をしただけだ」冷たい声で言う。「だが、君は答えたくないようだね」

ミアは傷ついた目をしたかと思うと、顔をくしゃくしゃにした。サントスは罪悪感に襲われた。僕はいったい何を言っているんだ？　ミアをなんだと思っているんだ？

「ミア……」

ミアは挑むような顔つきになって、顎をきっと上げた。「あなたの質問は、私がいつからピルをのんでいるかだったわね？　喜んでお答えするわ、サントス。死んだ赤ちゃんを取り出す手術を受けたあと、お医者さまに服用するよう言われて、それ以来のんでいるわ。あなたは聞いていなかったのよね。あのとき、病室から出ていってしまったから」

そう言うと、ミアはサントスのそばを通り過ぎ、室内へ戻っていった。寝室のドアをばたんと閉める音が聞こえ、サントスはがっくりとうなだれた。間抜けな人でなしになった気分だ。本気で彼女を疑っていたわけじゃない……でも、疑っているかのように振る舞ってしまった。罪悪感と後悔で胃が激しくうずく。ミアを追いかけようとくるりと向きを変えたが、ミアにも、そして自分自身にも、冷静になる時間が必要だと思った。自分の中で何が起きていたのか突き止め、その理由を理解しなければ。

顔をしかめて考え込みながら、サントスはミニバーへ歩いていき、グラスにウイスキーをたっぷり注いだ。なぜ、あんなふうに早合点してしまったのだろう？　そしてミアは――本当に、あのとき一人で向き合わなければならなかったのだろうか？　彼女は言った。僕は病室から出ていってしまったと。

悲しみで呆然《ぼうぜん》となっていたあのときのことは、ぼんやりとしか思い出せない。ミアは僕と口をきこうとしなかった。僕は喪失感と無力感でいっぱいだった。赤ん坊の死は、僕の中のたくさんの古い記憶を呼び覚ました。ずっと封じ込めてきたはずの、父の死を悲しむ気持ちも、まざまざとよみがえってしまったのだ。サントスは心に抱えた悲しみをミアに打ち明けたことはなかった。父がどんなふうに死んだかも、自分がどれほど罪の意識を抱いているかも、伝えたことはなかった。なぜなら、そんなことを話さなくとも――僕とミアには、向き合うべき問題がたくさんあるはずじゃないのか？

だが……もしすべてがつながっているとしたら？

僕はある意味、ミアをよく理解していなかった。僕たちは知り合って数週間で結婚したのだ。相手を本当に理解できていたはずがない。結婚が間違いだったというわけじゃない。結婚の誓いを重く受け止めているという言葉は本心からだ。だが、あまりにも急ぎすぎたし、あまりにも僕らしくなかった。あとになって振り返ったとき、僕はこう思ってしまった。ミアと出会って結婚したとき、自分は情熱だけでなく、心の奥にある強い願望――自由になりたいという思いに突き動かされていたのではないかと。

たぶん、僕はこういう気持ちをミアに打ち明けたほうがいいのだろう。疑ってなどいないと頑《かたく》なに言い張るのではなく。サントスはウイスキーを飲み干し、グラスを置いた。ゆっくりと寝室へ歩いていき、閉まったドアをノックしてから開けた。

ミアはベッドに体を丸めて横になっていた。両膝を曲げて抱えている。からまった髪が顔を覆い、枕に広がっている。サントスは後悔で胸が苦しくなった。

「ミア、すまなかった」

ミアが息を吸い込む音が聞こえ、サントスの胸が痛んだ。「あなたは」彼女の声は涙でくぐもっていた。「正確には何をすまないと思っているの？　知りたいわ」

サントスはベッドの端に腰かけた。

「一方的な思い込みをしたことだよ。避妊のことだけじゃなく、その前も……赤ん坊のことも。君は子供を持つ心の準備ができていないと言った。でもだからといって、流産したとき君が悲しくなかったということにはならない。それはちゃんとわかっているよ。あえて口に出したり、態度で示したりはしてこなかったけれど」

ミアは涙のあとがついた頬から髪を払いのけ、上体を起こした。「なぜ言ってくれなかったの？」

「わ、わからない」

「私、あなたに責められているんだと思ったわ。いまもあなたは、ほんの少しは責めているんでしょう、私が妊娠を喜ばなかったことを。でも私たち、結婚して二週間しかたっていなかったのよ」ミアは涙の浮かんだ目をしばたたいて、ゆっくり首を振った。「知り合ってから一カ月ちょっとしかたっていなかった。あまりに早くいろんなことが起きすぎていると感じたわ」

「わかっている」サントスも同じように感じていた。とはいえ彼はミアの妊娠が嬉《うれ》しくてたまらなかった。ずっと家庭を持ちたいと思っていたし、正直に言えば——子供が生まれれば、二人の結婚がもっと堅固なものになると思っていたのだ。子供がいればミアは自分のもとから離れていかないだろう。心のどこかでそう思っていた。

だが当時の僕にはわかっていないことがたくさんあった。気づいていないことがたくさんあった。僕は、ミアがどれほどつらい思いをしているかわかっていなかった。彼女がセビリアでの生活になじむのにどれほど苦労しているか気づいてなかった。慣れない環境で子供を産み育てていくことになって、彼女がどれほど不安で怖い思いをしていたのかも、わかっていなかった。そして、いまミアが何を考えているのかも、僕にはわからない。だが知りたいと思った。ミアに打ち明けてほしかった。

「ときどき」ミアはか細い声で言った。「私、あなたがどうして私と結婚したのか不思議になるの。後悔しているそぶりすら見せないのはなぜだろうって。たぶん、あなたは後悔しているけれど、結婚の誓いは尊いとか、そういうことに縛りつけられているのよね。わからないけど」

彼女はそこで言葉をとめ、まっすぐにサントスの目を見つめた。そのとき彼女が勇気を奮い起こしたのがサントスにはわかった。

「あなたは私に愛していると言ったわね……でも、私……あなたを信じていいのかわからないの」

「ミア……」サントスは口を開いたが、自分が何を言おうとしているのか定かではなかった。僕はもう一度彼女に愛していると言うつもりなのか？　彼女はきっと、同じ言葉を返してはくれないのに。

ミアは長いため息をついた。「なぜ私と結婚したの、サントス？」

サントスはミアを見つめた。彼女は僕の本心を知りたがっている。だが、僕はどうやって本心を打ち明けたらいいのかわからない。そもそも僕は、自分のことをちゃんと理解しているのだろうか？　「ミア……簡単に答えられるのなら、そうするところだが」彼はゆっくりと声を出した。「実のところ……わからないんだ。わかっているのは、君と出会って一緒に過ごしたとき、僕は、それまでにないほど幸せだと感じたんだ。そして、その幸せな状態が続いてほしかった」そこで言葉をとめてから、ざらついた声で続けた。「なんとしてでも続いてほしかった」

驚いたことに、ミアはサントスの手を取り、指をからめてきた。「なぜ?」優しい声だった。「あなたはそれまで幸せじゃなかったの?」

その質問に答えるのはつらい。心の奥にしまった感情をさらけ出してしまうことになるから。

〝アギラ家の人間は、つねに自分の心と精神を制御しなくてはならない〟

父の教えに従い、サントスは自分のもろい部分や、心に秘めた願いを認めまいとしてきた。でもいま、ミアは僕に、そういうものをさらけ出すことを求めている。僕はそうすべきなのだろう。もろさを包み隠さず見せ合うことにはいい面もあるのだ。「あんなふうに幸せな気持ちになったことはなかったよ」

サントスは低い声で言い、二人のからみ合った指を見つめた。「それまで一度もなかった」

ミアは手に力をこめた。サントスがちらりと目を向けると、彼女は涙を浮かべた瞳にゆっくりと笑みをたたえた。サントスの中で熱いものが込み上げ、胸がいっぱいになった。その瞬間、二人とも、もう言葉はいらなかった。

# 10

ブルーグリーンの海水が前進するヨットの船首にぶつかり、白い泡状の波しぶきが巻き上がる。サントスが操縦するヨットはいま、彼が所有しているヴィラのそばの桟橋に向かっていた。二人がバルセロナを出発してから三日がたっていた。太陽の光がさんさんと降り注ぐ、けだるげですばらしい三日間だった。

ミアは努めて、何事も必要以上に分析せず、ただ一瞬一瞬を精いっぱい楽しむようにした。彼女はサントスと肌を重ねたあの夜に、二人の間で何かが変わったような気がしていた。あの夜私たちは情熱を交わし、口論し、そして仲直りした。お互いに辛辣な言葉を投げつけ合ってしまったけれど、サントスは私の気持ちを理解しようとしてくれた。彼はプライドが高くて尊大な人だが、必要だと思ったときはちゃんと謝ってくれる。愛していれば謝罪は不要だなんて、そんなことはない。むしろその逆だ。進んで謝ることができるかどうかが大事なのだ。

とはいえ、それはサントスが本当に私を愛していればの話だけれど。ミアはまだ信じ切れないでいた。情熱のさなかに勢いで何かを言うことと、それを毎日実践することとはまったく違う。

〝愛しているよ、ミア〟

サントスがそう言ったときのかすれた声の響きを思い出すと、ミアは体の芯まで揺さぶられた。いまでも彼の言葉をどう考えたらいいのかわからないし、どう反応すればいいのかもわからない。あの夜以来、二人の間には、しばらく口論はしないという暗黙の了解が存在しているようだった。少なくとも、神経を高ぶらせて互いを責めるよりは、何も言わないほうがいいと二人とも感じているのだ。

だからここ数日は、真剣な話し合いはしていなかった。過去の喪失や悲しみや痛みについて思い出すことも、話すことも考えることもなかった。少なくともミアは考えないようにしていた。そして今日二人は、エーゲ海に浮かぶギリシアの島にやってきた。ここで一週間を過ごす予定だ。太陽の光が降り注ぐ島はまるで天国のようだった。

「ようこそ〈ヴィラ・パライソ〉へ。セニョーラ・アギラ」サントスはきらめく笑みを浮かべ、ミアがヨットからおりるのを手伝おうと片手を差し出した。ミアはにっこりして髪を後ろに払い、彼の手を取った。彼の乾いた温かい手のひらを感じながら、桟橋に足を踏み入れる。

ヴィラは傾斜のある庭の向こうにあった。庭にはキョウチクトウとプルメリアが咲き乱れ、イチジクとザクロの果樹林もある。白いしっくいの壁と青いよろい戸が目に入り、ミアの胸は期待で高鳴った。

新しい場所を訪れるのが、ミアはいつだって好きだった。石畳の路地を散策して景色を目に焼きつけたり、カフェのテラス席に座って通り過ぎる人々を眺めたりするのが好きだった。孤独を感じたときはいつも、数々の冒険の思い出や、目にした美しい景色を脳裏によみがえらせるようにしていた。アモルゴス島のこのヴィラも、そんな景色の一つになりそうだ。

「島の中を巡りたいわ」ミアはにっこりして言った。「すべてを見たいの」

「ああ、ぜひそうしよう」サントスにゴールデンブラウンの瞳を向けられ、その温かいまなざしにミアはとろけそうになった。この三日間は本当にすばらしかった。いつもこんなふうに過ごせたなら——現実を逃れて、何も深く掘り下げる必要がなかったなら……。

でも、人生はそういうものじゃない。そうでしょう？　いずれ私たちは現実に向き合わなければならない。それが何を意味するのか、いまは考えるのをやめよう。いまはまだ、そんな必要はない。

「おいで。案内するよ」サントスは言い、ミアの手を握ったまま桟橋を歩いた。ミアは少し笑って、彼に手を引かれるまま、庭のうねった小道へ進んでいった。

# 11

「信じられないわ。あなたがシュノーケリングをしたことがないなんて」

照りつける夏の太陽の下、二人は桟橋に立っていた。サントスはシュノーケリングの道具を小型ヨットへ積んでいた。ウエストに手を置いてサントスを眺めているミアは、裾が切りっぱなしのデニムのショートパンツをはき、上は白いビキニのトップを着けている。強い日差しが彼女の鼻のそばかすを際立たせていて、いつもよりさらに魅惑的に見える。

二人がアモルゴス島に着いてから三日がたっていた。ここで過ごす日々も、バルセロナでの日々と同じくらいすばらしかった。二人は近くの集落へ出かけ、塩水に漬かったフェタチーズや新鮮なオリーブやトマト、ぱりっとした香ばしいパンなどを買って、岩石の多い浜辺でピクニックをした。太陽の光を浴びながらギリシア産の赤ワインを飲み、キスを交わした。

山を登り、崖に沿って立っている美しい修道院にも行ってみた。笑みをたたえた修道士たちはローズウォーターのゼリー菓子とお酒を振る舞ってくれ、二人が去るときには、結婚を祝福して祈りの言葉を唱えてくれた。二人は古代の遺跡も訪れた。過去を生きた人々の足跡を辿《たど》って、彼らの生活に思いを巡らせる二人のそばで、野生のヤギが、散らばった岩の間を優雅に縫って移動していた。

サントスは、ミアと一緒だとあらゆることが鮮やかさや明るさを増すような気がした。こんなふうに人生を楽しむのは初めてで、彼はそれが気に入っていた。

そして夜については……二人は何度も何度も、互いの体を再発見していた。互いの腕の中で情熱に駆られ、喜びを味わう行為は、何度繰り返しても飽きることなどなかった。これこそがサントスの求めていた人生だった。重い責任を負ってつねに仕事に追われるのではなく、愛と喜びに満ちた人生。たとえ、それに伴う試練はあったとしても。

あと何日かしたらセビリアに戻らなくてはいけない。二人とも、あえてそのことは口に出さないようにしていた。

そして今日も、それについて話すつもりはない。サントスはそう思いながら、ミアに笑みを向けて肩をすくめた。「僕がシュノーケリングをしたことがないのは、ここにめったに来ないからさ。ヴィラは数年前に建てたばかりだから」

「数年ね」ミアは眉を吊《つ》り上《あ》げた。「それって長い月日よ、サントス」

彼はまた肩をすくめた。「やらなければいけないことがたくさんあってね」

「わかっているわ」ミアは表情を和らげた。「今回、あなたがこんなに休みを取れたこと自体驚きだもの。あなたが背負っている義務や責任を考えるとね」

二人は触れるべきではない話題に近づいてしまっていた。サントスは水中マスクをヨットに移した。

「君はシュノーケリングをしたことがあるのか?」

「ええ、何度かね。こんなにきれいな海ではなかったけれど」ミアは満面の笑みを浮かべた。「楽しみだわ。海の中の景色はきっとすばらしいでしょうね」

「ここからの景色もすばらしい」サントスはミアのビキニのトップを見て眉を動かした。

「確かにね」ミアはそう言うと、サントスを見て眉を動かした。彼は笑い声をあげた。ミアといると楽しくて笑ってばかりだ。なぜ僕はそれを忘れていたんだろう? なぜ僕は、彼女との楽しい時間を取り戻すためにもっと努力しなかったんだろう?

「よし、準備できた」サントスは最後の道具をヨットにのせると、ミアの手を取り、彼女が乗り込むのを手伝った。

「ヴィラはなんのために建てたの?」ミアがヨットに腰を落ち着けると、サントスは帆を揚げた。すぐにヨットは、ブルーグリーンの海を進んでいった。ヴィラや桟橋が遠ざかっていく。「あなたは多忙でめったに来られないのでしょう。ということは、お母さまか妹さんがここを使っているの?」

サントスの家族について触れたとき、ミアの声色がかすかに変わったのをサントスは聞き逃さなかった。彼の母はミアを歓迎しているとは言えなかったが、それは仕方がないことだった。たった一人の息子であり一家の相続人であるサントスが、名もなきアメリカ人女性と電撃結婚したことに、彼女は大きなショックを受けていたはずだから。だが時間がたてば、母はきっとミアに優しく接するようになるとサントスは信じていた。そして、妹はめったにセビリアに帰省しないが、今度帰ってきたときには、ぜひミアと仲良くなってほしいと思っている。

「いや、母は来たことがないよ」サントスは答えた。「ここには興味がないんじゃないかな。母はギリシアでのんびり過ごすよりも、買い物やスキーのほうが好きだから。妹はここを気に入るとは思う。だが、彼女は僕と同じで仕事で忙しくて……。まあいずれにせよ、僕はここを自分のために建てたんだ。いつか自分の家族を持てたら、一緒に過ごせるように」

いつか自分の家族を持てたら。彼の言葉には喪失感ではなく希望が滲《にじ》んでいた。確かにミアの流産は悲劇だった。だがそれは過去のことで、二人には未来がある。

「でも結局、いままでろくに滞在したことがなかった」サントスはため息をついた。「愚かだな、僕は」

「でも、いまは滞在しているじゃない」ミアが言った。「私、ここに来られて嬉《うれ》しいわ」

「僕もだ」

二人はしばらくのあいだ見つめ合っていた。サントスの心がじんわりと温かくなる。そう、未来は楽しみに思うものだ。そんな幸せな考えを抱きながら、彼は帆の向きを変えた。

サントスが振り返ると、ミアは両肘を後ろに引いてもたれ、髪を潮風になびかせていた。「あなたとあなたの家族のためだっていうのはわかったわ。でも、なぜわざわざヴィラを建てたの。あなたはマドリードとかカリブ海の島とかにアパートメントを所有している。それにスキーシャレーも……ほかにもあったかしら」

「それで全部だ」サントスはにっこりした。「だが、ここは別なんだ。ここは……僕だけのものだ。それに、僕は逃げ場所がほしかったんだ」

「逃げ場所？　逃げるって、何から？」

サントスは答えず、海に顔を向けて目をこらした。海面が太陽の光を反射してきらきらと輝いている。僕はここにいれば楽に息ができる。海の上で、日の光を浴びて……そしてミアがそばにいれば。

「あらゆることから逃げたかったんだ」サントスは口を開いた。「アギラ家の人間であること。一家の長であること。そして、それが意味するすべてのものからね。責任の重い仕事だよ。千人以上いる従業員を率いて地所を管理し、運営しなければならない。マドリードとローマのオフィスにも、数百人の従業員がいるし……僕は自分から逃げたかった。アギラ家の当主として、あるべき自分の姿から」

ミアは考え深げな表情でサントスを見つめていた。サントスは彼女の同情するような目つきがいやだった。憐《あわ》れみはいらない。僕はスペインで最も由緒あるアギラ家の当主なのだから。だが、そもそもそれが問題なんじゃなかったか？

サントスは海に視線を戻した。するとミアが手を伸ばして、彼の手を包んだ。

「この場所があってよかったわ」彼女は優しい声で言った。「あなたのためにも、私のためにも。そして私たちのためにもね」

サントスはぎこちなくうなずいた。その後しばらくのあいだ、二人は言葉を交わさずにいた。徐々にリラックスしてくると、沈黙が心地よいと思えた。ミアは僕を憐れんだわけじゃない。心の内を人にさらけ出したからって、僕は弱くなったわけじゃないのだ。自分でも驚いたことに、サントスはミアに話してよかったと感じていた。

ミアは立てた両膝を腕で抱え、太陽のほうへ顔を傾けた。サントスはいま、無人島の入り江にヨットを進めていた。島といっても、巨大な岩と砂浜があるだけのこぢんまりしたものだった。

サントスはヨットの舵棒をつかみ、ハンサムな顔を引き締めて集中していた。広い肩は夏の太陽の下で輝いている。まるでギリシア神アポロのようだわ。ミアはうっとりとそう思った。そのたくましい姿を見るたびに、彼が自分と一緒にいたがっているという事実に驚いてしまう。

二人はしばらく言葉を交わしていなかったが、ミアは気にならなかった。サントスはきっと、意図していた以上に私に心の内をさらけ出してしまったに違いない。だからきっと落ち着きを取り戻す時間が必要なのだ。ミアは、サントスが正直に話してくれたことが嬉しかった。話してくれれば、彼をもっとよく理解できるから。

もし、もっと前に理解できていたら……。

だめよ。もう非難や後悔はしたくない。過去を振り返ってはいけない。未来は光り輝いている。いま私たちを囲んでいる海のように。ミアはそのことだけに意識を集中させたかった。

「シュノーケリングをしたことがないのに、なぜぴったりの場所がわかったの？」彼女は楽しげに尋ねた。

「人に教えてもらったんだ。岩が多くなくてちょうどいいと」

サントスはちらりと笑みを向けてヨットをおり、水の中を進んでいった。サーフパンツだけを身に着けた姿は息をのむほどすてきだ。黒い髪やきれいに整えた顎ひげが日の光を受けてきらめき、浅黒い体は筋肉質でたくましい。ミアは彼を永遠に眺めていられそうだった。

「来ないのかい？」サントスが呼びかけた。ミアはヨットの側面から足をおろし、海水に浸していった。水は温かく、心地よかった。サントスはヨットを係留させ、ミアに水中マスクと呼吸用パイプとフィンを渡した。

「これを着けると、いつも滑稽な気分になるのよね」ミアが言うと、サントスはにんまりした。

「滑稽に見えるよ」サントスはそう言い、ミアが呼吸用パイプをくわえる前にすばやくキスをした。ミアは首を振って笑い声をあげた。サントスはすごく幸せそうに見える。ミアはとても嬉しかったが、あることに気づいて落ち着かなくもなった。セビリアにいたとき、サントスは幸せそうに見えなかった。もちろん私も幸せじゃなかった。ひょっとしたら、それがうまくいかなかった原因なのかしら。私たちがかけ離れていることではなく、驚くほど似ていたことが原因なの？

いまは判断ができない。もっとじっくり考えてみる必要がある。サントスは逃げ場所がほしかったことや、責任を負っていることを話してくれたが、私は彼がそんなふうに思っているなんて、これまでまったく知らなかった。彼が自分の背負った責務を重荷に感じたり、不満に思ったりしているなんて、思ってもみなかったのだ。

「準備はいいかい？」サントスが尋ねた。

ミアはうなずいた。大きく息を吸ってから、澄んだ水の中へ潜った。フィンを着けた足を蹴ってなめらかに進む。サントスもミアの隣をゆったりと進んだ。ミアが彼に顔を向けてほほ笑むと、彼もマウスピースをくわえた口の角を上げてにっこりした。サントスが前方を指差したので、ミアは前を向くと、小さな青い魚が、こんもりとした雲のような巨大な群れをつくって進んでいた。ミアの笑い声が、水中でごぼごぼと音をたてた。

二人は並んで泳ぎながら、互いにいろんな魚や生き物を指で示し合った。サントスは、遠くにタコを見つけて指差した。タコは脚を優雅に動かしてすいすいと移動していた。一時間ほどたつと、ミアは疲れを感じ始め、サントスが浜辺に戻ってピクニックをしようと提案した。

「泳ぐとどれほど体力を消耗するか、すっかり忘れていたわ」ミアは水中マスクとフィンを持って、岸に歩いて戻りながら独り言を言った。サントスはシュノーケリングの道具を海辺に置いて、ヨットから食べ物や飲み物の入ったバスケットを運ぼうとしていた。ミアはにっこりした。この世の楽園のような場所で、太陽の光を浴びながらのんびり過ごすなんて最高だわ。

とはいえ、ここにずっといられるわけじゃないけれど……。

いまはそのことは考えないでおこう。

「おなかはすいているかい?」バスケットの持ち手を腕に引っかけたサントスが、ミアのほうを向いてほほ笑んだ。胸板が水滴で輝き、黒い髪は後ろへ撫《な》でつけられている。とてもおいしそうだわ、とミアは思った。

「ええ――いたっ!」ミアは声をあげて右足をつかんだ。「何か踏んだみたい」すでに右足はずきずきと痛み始めていた。

サントスは心配そうに眉根を寄せ、バスケットをヨットの中に放り投げると、ミアに駆け寄った。

「見せてごらん」彼はミアの腕をつかんで支えた。

ミアは痛みで顔を歪《ゆが》めた。何を踏んでしまったのかわからないが、とても痛い。水から出るまではフィンを外すべきじゃなかったわ。

「歩けるか?」サントスが尋ねた。

「ええ、たぶん」ミアは少しためらってから答えた。弱気になるのはいやだし、自分の面倒は自分で見るのに慣れている。とはいえ、足が本当に痛い。

サントスはミアの声に不安を感じ取ったらしく、何も言わずに彼女を抱き上げて浜辺へ進んでいった。

「サントス、大丈夫だから」ミアは体を少しよじらせて抵抗したが、サントスは腕にさらに力をこめた。

「きっと、尖《とが》った石か何かを踏んだんだわ」

「まずは見てみよう」サントスは広げてあったブランケットの上にミアをおろし、ひざまずいて彼女の足を持ち上げた。ミアは唇を強くかんだ。足はずきずきと脈打つように痛み、熱を持って腫れ上がってきている。「ウニを踏んでしまったみたいだな。少し痛むだろうが、通常は大事には至らない。蜂に刺されたよりちょっときつい程度だ。とげが足に刺さっているから痛むんだな。抜いてあげるよ、じっとしていてくれ」

「わかったわ」ミアは言った。気丈に振る舞いたかったが、声が少し震えてしまった。具合を悪くしたり、弱音を吐いたりすると母親がいやがったので、ミアは昔から自分の面倒は自分で見て、強くあろうとする癖がついていた。でもいま、サントスが優しく世話を焼いてくれてとても心地よかったし、心を打たれてもいた。

サントスはとげを四本引き抜いてくれた。一本抜くたびに鋭い痛みが走り、そして安堵《あんど》がやってきた。彼が全部抜き終わると、ミアはブランケットの上にどさっと身を投げた。

「ああ、もう二度と同じ目にはあいたくないわ」か細い声で言い、笑おうとしたがうまくいかなかった。

「足が腫れているし、熱を持っている」サントスは顔をしかめた。「戻って、医者に診てもらったほうがいいと思う」

「蜂の刺し傷よりちょっとつらい程度だって言ったじゃないの」ミアは言った。サントスに気遣ってもらうのは嬉しいが、大ごとにされるのはいやだった。

「だが……」サントスはさらに顔をしかめ、ミアの足を見おろした。「思ったよりひどいようだ」

「ウニのとげが刺さったことはないの？」

「ない」彼は眉根を寄せて答えた。「これは心配だな」

ミアは肩をすくめた。「大丈夫よ。昼食をとって体が乾くころには、またシュノーケリングができるようになっていると思う」たとえ、いまものすごく痛くても。

「わかったよ」サントスはためらいがちに答えた。「じゃあ食事にしようか。でも、食べたあとに痛みがおさまっていなければ戻ろう」

サントスはバスケットを取りにヨットへ向かっていった。そのときだった。ミアは突然めまいを覚えた。目をしばたたくと、まるで夢の中にいるみたいに視界がぐらりと揺れた。吐き気が込み上げ、頭をすっきりさせようと何度も瞬《まばた》きをする。

サントスは振り返り、バスケットを腕にかけて慌てて岸へ向かってきたが、ミアには、彼がゆっくりと揺れているように――すべてがスローモーションで動いているように見えた。両脚が冷え切っているのに熱く、感覚がないのにずきずきと痛んだ。どうしてこんなことが起こるの？　いったいどうなっているの？

サントスが近づいてくる。ぼんやりとしか見えないが、彼がぎょっとして、バスケットを落としたのはわかった。イチゴやオリーブの実が砂浜を転がっていく。ミアは何か言おうと口を開けたが、何も出てこなかった。現実に意識をつなぎ止めようとして、そばに転がってきたイチゴをじっと見つめたが、ときどき視界が真っ暗になって、なんだかとても妙だった。

「ミア！」サントスは手を伸ばして叫んだ。

彼の声が聞こえたのを最後に、ミアは気を失い、どさりと倒れ込んだ。

# 12

瞬《まばた》きをすると、ゆっくりと視界が晴れた。頭がぼんやりし、手足は重くて動かない。ここはどこ？ベッドのようだがシーツがちくちくする。そして、ビーッという電子音がずっと聞こえている。

目をぱちぱちしていると、万華鏡の渦巻きのごとく、徐々にまわりにあるものの輪郭や色がくっきりしてきた。どうやら病室らしい。窓の外に鮮やかな青空が見える。電子音はベッド脇の機械から出ているようだ。その機械の横に目をやると、ビニールレザー張りの肘掛け椅子にサントスが座っていた。

彼は片手で頭を抱え、前かがみになっている。眠っているようだ。なんだか疲れて見える。服にはしわが寄り、髪が乱れている。短いひげもいつものようにきれいに整ってはいない。

いったい何があったの？

音をたててしまったらしく、サントスがわずかに体を揺らし、顔を上げた。彼はぼんやりと周囲を見渡したかと思うと、急に前のめりになった。

「ミア……」

「私、どうしたの？」ミアの声はかすれていた。

「何があったの？」

「ああ、ミア」驚いたことに、サントスは目に涙をいっぱいためていた。彼はベッドの上のミアの片手を両手で包み、まるで祈りを捧《ささ》げるかのように体を前に傾けた。

サントスの肩が震えている。彼は本当に泣いているのだ。

彼の様子を見てミアは胸が苦しくなった。「サントス……大丈夫よ。私は大丈夫。でも、いったい何があったの？」さびついたのこぎりで古い木板を切る音のような、不愉快なしわがれ声しか出なかった。

「それと、お水をもらえないかしら」

「もちろんだ」サントスは立ち上がり、目をぬぐって、ベッド脇に置いてある水差しからグラスに水を注いだ。ミアは手を伸ばそうとしたが、力が入らなかった。いったい私、どうしちゃったのかしら。何も思い出せないわ。

彼がグラスを口元まで持ってきてくれたので、ミアは頑張って飲んだ。冷たい水が唇と喉を潤す。数口飲むと、ミアは後ろにもたれた。サントスはグラスをベッド脇のテーブルに戻し、また肘掛け椅子に腰をおろすと、膝の上で両手を組み合わせた。

「君が死ぬんじゃないかと思ったんだ」彼はまるで懺悔《ざんげ》のように低い声で言った。

死ぬですって？　何を大げさな。水を飲んだおかげか、頭がすっきりして記憶がよみがえってくる。シュノーケリングをしたあと、私はウニを踏んでしまった。おそらくアレルギー反応を起こしたのだろう。サントスがとげを抜いてくれて、足が腫れていると言ったのは覚えている。めまいがして視界がぐらついたことも。そのあと私は気を失ったに違いない。それでサントスが病院に運んでくれたのだ。とはいえ、死ぬかもしれなかったなんて、いくらなんでも大げさだわ。

唇がひび割れていて少し痛かったが、ミアは笑みをたたえて言った。「あなた、蜂に刺されるより少しきつい程度だって言ってなかった？」

「ミア」サントスは苦しげな顔を上げた。「本気で言っているんだ」

「いったい何が起きたの？」

彼は息をごくりとのみ込み、ゆっくりとかぶりを振った。「君はウニに強いアレルギー反応を起こした。ごく稀《まれ》なケースだが、起きたときは非常に危険なんだ。君は砂浜で意識を失い、僕は君をヨットに運んでアモルゴス島へ戻った。カタポラの町に着くと、救急隊が来てくれた――僕は一一二に電話をかけたんだ」

ギリシアの緊急通報番号だわ。ミアはびっくりして体を震わせた。本当にそんなに深刻だったの？何も覚えていない。

「私……」

「君は二日間、意識が戻らなかった」サントスはかすれた声で続けた。「一時は意識が戻るのかどうかも定かじゃなかった。ウニに刺されると命取りになることもあると言われたよ」彼の声が詰まった。「君は死ぬかもしれなかったんだ」

「サントス、ごめんなさい」ミアにはそれしか言えなかった。彼はきっとこの二日間、地獄のような思いを味わったに違いない。ミアは彼の指に自分の指をからめた。「本当にごめんなさい」もう一度ささやいた。

突然サントスは椅子から立ち上がった。ミアに背を向けて窓際へ歩いていき、髪に手を差し入れて頭を掻《か》いた。ミアは不安げな目を彼に向けた。彼は何か激しい感情に駆られているようだ。彼は私に……怒っているの？それとも私を心配した自分に腹を立てているのかしら。

ミアは母親を思い出した。ミアが体調を悪くすると、いらいらしていた母のことを。そもそも彼女は、ミアの存在自体をわずらわしいと思っていた。子供さえいなければ、なんの責任も負わず、自由で幸せに生きられるのに。母はそれをはっきり示した。たまにミアに思いやりを見せるときですらそうだった。

子供のころ抱いていた罪の意識と、自分は価値のない人間なのだという思いが、いま、さらにひどくなってよみがえってきた。全部私のせいなのだ。サントスが悲しんでいるのも私のせい。流産したときと同じ。責められるべきは私だ。

「ごめんなさい」ミアは声を詰まらせてささやいた。「本当にごめんなさい」

サントスはくるりと振り向いて、髪から手をおろした。「ミア、何を謝っているんだい？　謝るべきは僕のほうだ。僕は……」彼の声がとぎれた。「本当にすまなかった」

ミアは少しのあいだ、驚いて言葉を失っていた。

「すまなかったって……」か細い声で言った。「なぜ？」

「だって……僕はウニがいないか確認すべきだったんだ。もっと早く緊急通報番号にかけるべきだった。こんなことにならないよう、君を守るべきだったんだ」彼のすすり泣くような苦しげな声は、ミアを仰天させた。

こんな反応は予想外だった。ミアのこれまでの経験からは考えられないことだ。てっきり、面倒を起こしたことを謝らなければならないと思っていたのだ。

流産して病室で横たわっているときも、そう思っていた。

でもたぶん、私が自分で勝手にそう思っていただけなのだろう。サントスが私にそう思わせたんじゃなかった。そう考えると落ち着かない気持ちになり、同時に希望もわいてくるのだった。

サントスはミアを見つめてかぶりを振った。二日間、彼は罪悪感にさいなまれ、時間を巻き戻せるなら巻き戻してやり直したいと思っていた。ミアがビーチでどさりと倒れ込んだときのことを思い出す。肌は焼けるように熱く、頭は力なく仰向いていた。頬を何度叩《たた》いて声をかけても、彼女は反応しなかった。

あのとき、サントスの脳裏に父が死んだときのことがよみがえっていた。父はオレンジ畑で心臓発作を起こした。そばにはサントスしかおらず、すぐに人工呼吸を行ったが父は助からなかったのだ。そしてサントスは恐怖に包まれた。ミアの命も救えないのではないかという恐怖に。

たくさんの記憶がいっきに押し寄せ、目の前で起きていることとごちゃ混ぜになった。ミアが流産したときもそうだったように、未来への恐れとともに、過去の悲しみにも支配されていたのだ。そして思った。もう二度と大事な人を失いたくない、ミアを失うのは耐えられないと。

「サントス」ミアが優しい声を出した。「あなたのせいじゃないわ」

「僕は君がウニに刺されるのを防げたはずだ」

ミアは息をついた。「どうやって?」

「浅瀬を確認すればよかった。君にフィンを着けたままでいろと言うべきだった。ほかの場所でシュノーケリングをすることもできたはずだ。せめて、ウニに注意しろと言うべきだった。あそこの海にウニがいるのは知っていたんだから」

サントスの胃がかき乱された。いったいどうして、あんなにも不注意でいられたんだ? 答えはわかっている。あまりに幸せだったからだ。あまりに幸せだったから、細かいことまで抜かりなくチェックし、責任を遂行するいつもの行動パターンを無視してしまった。細かいことや責任にわずらわされたくなかった。重荷を感じたくなかった。でも感じるべきだった。そうすれば……。

「事故だったのよ。誰にでも起こり得ることだわ。私がアレルギー反応を起こすかどうかなんて前もってわかるはずない。あなたが言ったのよ、すごく稀なことだって。私は大丈夫よ」ミアはほっそりした腕をサントスに向かって伸ばした。「私は大丈夫」

「ああ。だが……」声が震え、サントスは気がついたら下を向いていた。彼の中で何かが粉々に砕け散り、これ以上、気持ちをしっかり持っていられるかわからなかった。こんな感情を自分が抱けるとも思っていなかった――気を失ってぐったりとしたミアを腕に抱くまでは。だがそのときは、サントスはミアに愛していると言った。だがそのときは、言葉を頭で理解しているだけだった。でもあのとき――腕の中でミアがぐったりしていたあのとき、彼は、心から人を愛するのがどういうことか、そして、その人を失う恐怖がどれほどのものかがわかったのだった。

「サントス」ミアはそっと呼びかけた。「お願い、そばで座って話してくれない？　あなたが取り乱しているのは、私がウニに刺されたことだけが原因じゃないんでしょう？」

そうだ。ゆっくりとためらいがちに、サントスはミアに近づいてそばに腰をおろした。ミアは彼の手を握った。サントスは彼女に触れられるままにしていた。気持ちを打ち明けるのが怖い。僕は普段、こんなふうに心の内をさらけ出したりしないのだ。〝アギラ家の人間は、つねに自分の心と精神を制御しなくてはならない〟

だがいま、サントスは制御できていなかった。

「サントス、話してちょうだい」

「僕は、君を病室に置いて出ていくべきじゃなかった」サントスはつないだ手を見つめたまま低い声で言った。「以前……君が流産したあとのことだ。僕が出ていったせいで、君は一人で向き合わなければならなくなった。自分がそんなことをしたのが信じられないよ。なんて残酷なことをしたんだろう」

しばらくのあいだ、ミアは黙っていた。サントスは顔を上げてミアを見た。彼女は僕に怒っているのだろうか？　僕と同じくらい、彼女も過去の傷を思い出すのがつらいのだろうか？

「あなたは取り乱していたわ」ついにミアは口を開

いた。「そして怒っていた」

「ミア、僕は怒っていたんじゃない」

「サントス……」ミアの声には悲しげな憤りがこもっていて、サントスは胸が張り裂けそうだった。

「あなたは怒っていたわ。少なくとも、ある時点では間違いなく怒っていた。つまり私が……まだ心の準備ができていないって言ったとき……」

「僕は傷ついていたんだ」サントスは言った。声がこわばる。本心を打ち明けることにも、感情をさらけ出すことにも慣れていないから。「僕は君に、僕の子供がほしいと思ってほしかった。僕がほしいと思うものを君にもほしがってもらいたかった。それはつまり、家庭だ……僕と家庭を築きたいと、君に思ってほしかったんだ」

ミアはサントスを見つめ、少ししてから静かに言った。「それは理解できるわ。そして、私の反応があなたにショックを与えたのもわかっているわ。私の妊娠がわかったとき、私とあなたは違う反応を示した。私たちはそのことを話し合うべきだったのに、そうしなかった。でも……」ミアは言いよどみ、息を吸い込んでから口を開いた。「あなたは本当に、私が流産したことを責めていないの？」

僕に責められているのではないかという恐れが、ミアの中に深く根づいてしまっているのだ。サントスはますます罪悪感に駆られた。「ミア、僕は君を責めたことなどないよ。僕が君を責めていたと君が思っているのはわかっているし、実際、そう思われても仕方がないような振る舞いを僕はしていたんだろう。だが僕は、君を責めてなどいない。誓うよ。人生にかけて誓う」

「私を責める気持ちはこれっぽっちもないって言うの？　私が流産してから、あなたは私とろくに口もきかなかったじゃない。私を見ることもしなかった。そんなふうに振る舞うべきじゃなかったって、いまのあなたは思っているかもしれないけど、あのころのあなたは違ったんじゃない？」

ミアの声からは、彼女が傷ついていることが伝わってきた。彼女の声はサントスに、割れたグラスを思わせた。そして、その破片はサントスの魂を切り裂くようだった。僕はなぜ、ミアをそんなにも深く傷つけていることに気づかずにいたんだ？　たぶん、僕は気にもしていなかったのだ。僕自身があまりに打ちのめされていたから。

サントスは二人のつないだ手をもう一度見つめてから、ミアの顔に視線を戻した。大きく見開いた目には涙がきらめいていて、サントスの胸はますます痛んだ。

「すまなかった」低い声で言った。「君にそういう態度を取ってしまったことを謝るよ。たぶん、僕の中にはほんの少しだけ、君を責める気持ちがあったんだと思う。ほんの少しだけだ。それは認めるよ。だがそうだとしても——そんなふうに君を責めたのは、そのほうが楽だったからなんだ。自分の本心と向き合うよりもね。僕は心の奥底では、赤ん坊を失った責任は自分にあると感じていたんだ」

「そんな……なぜなの？」

僕がアギラ家の当主で、すべての責任を負っている男だからだ。妻を守り、赤ん坊を守るべきだったからだ。もっとましな男だったら——もっとましな夫であり父であったなら、あんなことは起こらなかったはずだからだ。

頭ではわかっていた。そんなふうに自分を責めるのは支離滅裂だと。流産は一定の確率で起こる。産科医ははっきりそう言った。悲しいが、それが人生の現実なのだ。それはサントスもわかっていた……でも、自分を責めていた。いまそのことを考えると、改めて気づかされる。人は相反する感情や考えを、同時に持つことがあるのだと。ミアは子供を望んでいなかったが、赤ん坊の死を悲しんだ。僕も、一定の確率に当てはまっただけだとわかっていながらも、自分を責めた。人間は矛盾した生き物だ。人生も、愛も——混沌《こんとん》とした複雑なものなのだ。

「じゃあ」ミアはゆっくり声を出した。「ウニのことと同じように、あなたは自分を責めていたってこと？」

「ああ」サントスは喉の締めつけを和らげようと唾をのみ込んだ。「ほかにもあるんだ。僕は君に、父が死んだときの話をしていなかったね」

「心臓発作だったって聞いたわ」

「そうだ。突然のことだった。僕と父はオレンジ畑を歩いていた。父は健康状態の悪い木が数本あると言って僕に見せ、とある細菌性の病気に感染しているのではないかと心配していた。当時国内にはその病気のせいで、収穫量が九十パーセント減った農園もあったんだ」眉間にしわを寄せ、心配そうに話していた父の姿を、サントスはいまでもありありと思い出せる。「病害で収穫に打撃を受けたとしても、なんとかなったはずなんだ。うちの主な収益源は投資と不動産運用だから。だが、父はオレンジとオリーブの畑を心のよりどころにしていた。セビリアのあの土地は父にとって、魂の源だったんだ。だから父はとても心配して——細菌病の初期症状らしきものが木に現れているのを見たとき、胸を抱えて倒れたんだ。あっという間の出来事だった」

「そんな、サントス……」

「僕たちは二人で畑にいたから、助けを呼ぼうにも近くには誰もいなかった。一刻を争う事態だとわかり、僕は人工呼吸を試みた。一瞬、父のまぶたがぴくっと動いて……何か言いたげに見えた。だが、父は何も言えなかった」そこでサントスは言葉をとめた。思い出したくないのに、あのときの記憶がよみがえってくる。パニックと恐怖、そして一縷《いちる》の望み。

「数分後、父は僕の腕の中で亡くなった」

「サントス」ミアは両手で彼の手を包んだ。「お気の毒に。つらかったでしょうね」

「赤ん坊が亡くなったとき、あのときのことを思い出してしまったんだ。まるで……」サントスは首を振った。「まるでなだれのように、いっきに記憶が押し寄せてきた。頭が真っ白になって何も考えられず、息もできないと感じた。僕は、それまでずっと記憶に蓋をしてきたんだと思う。長いあいだ、心の整理をつけるのを避けてきたんだ。

だが、君が出血して……超音波診断装置の画面に赤ん坊の姿が映し出されたとき、僕は一瞬、無事なんだと思った。でもすぐに違うとわかった。心音が聞こえず……僕らの赤ん坊は動かなかった」

涙で視界がかすみ、瞬きをしながら、サントスはミアの頬を涙が伝うのを見つめた。

「僕は心を遮断したんだ。その瞬間にね。本当のことを言うと、僕はあのときのことをあまり覚えていないんだ。君が処置を受けているあいだや、そのあとのことも。僕は自分が空っぽの空間にいるみたいに感じた。だからといって僕のしたことは正当化できない。それはわかっている。だが、あのときの僕はそういう精神状態だったんだ。怒っていたんじゃない。悲しかったんだ。君を責めていたんじゃない。ただ打ちのめされていたんだ」

「ああ、サントス」ミアが首を振り、涙がさらに頬を伝った。「話してくれてありがとう。でも……もっと前に話してほしかった。流産したあとの数週間、私、あなたに拒絶されていると感じたわ。あなたは私を見るのも耐えられないんだって思った。なぜあのときに説明してくれなかったの？」

自分がそんなにも長いあいだミアを苦しめていたことが、サントスはつらくてたまらなかった。「すまなかった。話すべきだったのはわかる。でも僕は、心が凍りついてしまったみたいに感じていたんだ。そして君の言うとおり、僕は君に対して腹を立てていた――少しだけだが。だがそれは、自分の感情と向き合うよりも楽だったからだ。そして君が出ていったあともそうだった。心の痛みを無視して、怒りを感じているほうが楽だったんだ」

ミアはか細い笑い声をあげた。「じゃあ、なぜ私を捜しに来たの？　プライドを守るため？」

「いや、そうじゃない。必死だったんだ。僕は君が恋しかった。それに……君といるときの自分が恋しかったんだ」サントスは、ミアが出ていったとわかったときの胸の痛みを思い出した。まるで、自分の中の本質的な何かがもぎ取られたようだった。「最初は君に対して怒っていたよ。そしてすごく傷ついていた。二週間してやっと、僕は君を捜すことにし、世界有数の私立探偵を雇った」

ミアは震える声で笑った。「そんなにも長いあいだ追跡されているとは思わなかったわ」

「君は逃げるのが得意だった」サントスは、私立探偵がミアをなかなか見つけられないことに驚いていた。結局、約三週間かかった。まるで永遠のように長く感じられた。

ミアは肩をすくめて目をそらした。「そうね。私、人生のほとんどのあいだ逃げてばかりだったから」

サントスは顔をしかめた。ミアが子供のころ、あちこちを転々としていたのは知っている。だが、逃げてばかりとは？

「いまとなってはどうでもいいことよ」ミアはすばやく続けた。「大事なのはあなたが私を見つけたことよ。そして私も、ある意味、あなたを見つけたわ。以前よりあなたを理解しているし、それを嬉《うれ》しく思う。ウニに刺されてよかったとすら思うわ」彼女はもう一度彼の手に触れた。「いまは私たち、未来のことを考えるべきよ」

ミアは過去に触れられたくないのだとサントスは感じた。でも、いまは問いつめないことにした。

二人はすでに多くのことを打ち明け合った。話すことで心が楽になったが、同時につらくもあった。

「未来だな」サントスはそう言い、かがんでミアにそっとキスをした。

## 13

ミアは窓から外を眺めて吐息をついた。ヴィラに来てから十日がたった。永遠に続いてほしいと思うほどすばらしい日々だった。でも、そろそろ家へ戻るときが近づいているようだ。

太陽はまだ明るく輝いている。一日は長くゆったりとしていて、愛に満ちている。だが未来のことを考えると、のどかな青い空を眺めているのに、恐怖が嵐のように押し寄せてくるのだった。

ある朝、ミアが庭で日光浴をしながら書庫で見つけたペーパーバックを読んでいると、サントスがメールに返信すると言って書斎へ姿を消した。三時間後、彼は書斎から出てきた。肩を怒らせ、眉根を寄せていた。

「用事はすんだの？」ミアが明るい声で尋ねると、彼は小さくため息をついて、隣のデッキチェアにどさりと体を預けた。あたり一面にキョウチクトウとプルメリアが咲き乱れ、はるか前方では、海が太陽の光を反射してダイヤモンドのようにきらきらと輝いている。そんな穏やかで平和な光景が広がっているにもかかわらず、ミアはこれから話題にのぼることに対して心の準備をしていた。

「多少はね」

「多少は？」ミアは本を置いた。

「もう二週間以上仕事をしていなかったからね。こんなに長いあいだ仕事を休むのは、君と出会ったとき以来だ」サントスはミアを見上げて表情を和らげた。「とはいえあのときは、十四日目には仕事に戻っていた」

ミアは当時を思い出してにっこりした。「あんなにすぐ結婚するなんて、私たちはどうかしていたと思う？」

サントスは笑みを浮かべ、ミアの手を握って指をからめた。「たぶんね。でも、いっときだって後悔したことはないよ」

「私もよ」ミアは正直に答えた。それでも未来は私たちの前に大きく立ちはだかっている。楽園のようなギリシアの島にいるときは、恋に落ちていると錯覚するのは簡単だ。誰にも何にもわずらわされないですむこの場所でなら。でもセビリアに戻ったら、以前直面した問題がまた立ち現れてくる気がする。

「何を考えているんだい？」サントスは優しく尋ねた。「急に悲しげな目つきになって」

「私、不安なの」ミアは認めた。「セビリアに戻るのが」

サントスはミアの手をさらに強く握った。「以前のようにはならないよ、ミア。約束する」

「何もかも自分のせいだと思う必要はないわ。以前起きたことは、私とあなた、両方に原因があったのよ。困難に見舞われて、それぞれが抱えていた過去の傷が呼び覚まされて……それで、最悪の展開になってしまったんだわ」

サントスは眉根を寄せた。「どういう意味だい？」

「思うに、私たちは生まれ育った環境の産物なのよ」ミアはゆっくり言った。「あなたはアギラ家が紡いできた歴史の重みを背負っている。お父さまを亡くした悲しみも……」

彼はさらに顔をしかめた。「君は？」

ミアは肩をすくめた。この話を持ち出したのは私のほうだ。それでも打ち明けるのをためらってしまう。過去のことを話すのは好きじゃない。必ず憐《あわ》れみを買ってしまうから。生い立ちの話題については、出会ったころに軽く触れ、ヨットではもう少し詳しく話したけれど、私はつねに、それはいまの自分にとってはどうでもいいかのような態度を貫いていた。いま私は本当に、すべてを詳しく話したいのかしら？　でも話さなければならない。今後の私たちのために。

「ミア？」サントスは優しく促した。

「言いたいのはね、私も過去に影響されているってこと。私が子供のころ、あちこちを転々としていたっていうのは覚えている？　そういう生活は、私に影響を与えたわ」

「ああ」サントスはゆっくりと声を出した。「だが君は、そういう生活が君にどんな影響を与えたのか話してくれたことはない。それどころか、君は過ぎ去ったことには執着していないかのように振る舞っていた。僕は信じていなかったが、それ以上追及もしなかった。というのも、ほかにも解決すべき問題がたくさんあったから。たぶん、僕はもっとしつこく尋ねるべきだったんだろう。とはいえ、そうしたところで君はきっとはぐらかしていたんじゃないかとは思う。でも、今回はそんなことはしないね？」

彼は片眉を歪《ゆが》めた。

ミアはほほ笑んだ。彼は私のことをよくわかっている。「ええ、しないわ」努めて明るい声を出してはいるものの、緊張で心臓がどきどきし始めていた。

「君は言ったね」サントスは二人の握り合わせた手を見つめて言った。「ときには数カ月ごとに引っ越しをしていて、寂しいときがあったと。君が十七歳のときにお母さんが亡くなり、そのあとは自分の力で生活してきたと」彼はゆっくり首を振った。「そういう経験は君に影響を与えたに違いない。でも、君はいつも話の矛先を僕に向け、僕のことを話させようとする。そして僕もそれを受け入れていた。そうするべきじゃなかったよ。いまになって気づいたが」

ミアはあきれたようにぐるりと目を回した。「あなた、そのことでも自分を責めるの？」

サントスは目尻にしわを寄せてにっこりした。

「いや。君がこれから話してくれればそんなことはしないよ」

「大きな秘密があるとか、そういうんじゃないのよ」ミアはすばやく言った。「ただ、過去のことを話すのが好きじゃないだけ」

サントスはゴールデンブラウンの瞳でミアを見つめたままうなずいた。

「ええと……」ミアはためらった。どう話を始めていいかわからなかった。「不安定な子供時代だったの。想像できると思うけど。引っ越しが多かっただけじゃなく、身を寄せる先も風まかせだった。母はいわゆる自由な精神の持ち主で、私たちはコミューンとか、共同農場とか……そういう場所に滞在することが多かった。中にはすごくすてきなところもあったわ。つまり、ちゃんとした場所ってこと。でも……そうじゃないところもあった」

サントスの指に力がこもった。「そうじゃないとは？」

「そういう場所って、いろんな人が集まってくるでしょう。麻薬中毒者とか、ごろつきとか……小児性愛者とか」

サントスはミアの手をさらに強く握り締めた。

「なんてことだ……君はまさか……」

「ときどき怖い思いをしたわ。でも、そこまでひどいことにはならなかった。ひどいことっていうのは、その……」ミアは息を吸い込んだ。「身の危険を感じたことが何度かあったわ。男の人ににじり寄られたり、隅のほうへ連れていかれたりしたの。私のことをすごくかわいいとか言って……」

サントスは小声でののしり言葉を吐いた。顔には激しい怒りが表れていた。

「私、つねに警戒するようになったわ。そして人を信用しなくなったの。できるだけ目立たないようにして……必要であればその場所から出ていった。母がそうしていたように」

「ミア……なんてことだ。危険な目にあったことを、お母さんには話さなかったのか？」

「最初は話そうとしたの。でも母はあまり興味を示さなかったわ。母はそもそも私を産みたくなかったの。少なくとも私にはそう言っていた。でも、どんなに引っ越しが多くても私を置いていったことはなかったから、たぶん、私を大事に思う気持ちはあったんだわ」ミアは息をついた。「遠い昔のことよ、サントス。私は前に進んだの。いまこのことをあなたに話すのは、そういう子供時代の暮らしが、私という人間を形作ったと言いたかったからなの。結局、私は母のような生活スタイルを選んだ。一つの場所に定住せず、身軽な暮らしをしたわ。でも、そんなふうにお気楽に振る舞っていても、心の奥底では違ミアがなんのことを言っているのか、サントスにはわかった。流産だ。そして、そのあと僕が彼女を置いていったことだ。サントスのみぞおちで罪悪感が渦巻いた。「ミア……」

「サントス。私、ほかにもまだ話していないことがあるの。その……赤ん坊のことよ。妊娠がわかったとき、私があなたのように大喜びできなかったのは、これまでずっと、母親になることに対して恐怖心を抱いていたことも原因なの。私、しくじってしまうんじゃないかと思って怖かった。だって、私が母親業について何を知っていると思う？　私の母はとてもじゃないけど、いい手本とは言えなかったから」

サントスはミアを抱き締めた。「ミア、君はすばらしい母親になるよ」彼は思い描くことができた。赤ん坊を腕に抱き、その子を愛と喜びにあふれた顔で見つめるミアを。「君はたくさんの愛を与えることができる。これまで機会がなかっただけだ」

っていた。本当の自分を決して人に見せなかった。あなたにもつねに見せていたわけじゃないわ」

「それで」サントスは低い声で言った。まだ頭が混乱していた。「本当の君はどんな人なんだい？　君が外の世界に見せている姿と、どれぐらい違うんだ？」

ミアはサントスの手を放し、体の前で両膝を立てて腕で抱えた。「さっきも言ったけれど、私はずっと警戒していたんだと思うわ。何事にも頓着しない人間のように振る舞っていた。そうすれば傷つかないですむから。でも本当はそんな人間じゃない。心の奥ではいろんなことを感じているし、気にしている」

「それはいいことじゃないのか？」サントスはもう一度ミアの手を握った。「愛しい人《ケリーダ》？」

「そうね。でも、そのせいで傷つくことがあるわ」

「でも、私はしくじってばかりだわ」ミアはつぶやいた。「そして、何か問題が起きたりして、自分が傷つきそうな状況になると、私は逃げ出してしまうの」ミアは体をよじらせてサントスを見上げた。その真剣な表情には、恐れも混じっていた。「いつもそうしてきたのよ。子供のころも、大人になってからも。たぶん私は、それしか困難に対処する方法を知らないの」

「もし僕が変われるのだとしたら」サントスは少ししてから口を開いた。「もし僕が、感傷的な、べたべたした男になったら……」彼がそう言うと、ミアは笑い声をあげた。「そうしたら君も逃げ出すのをやめられるよ。僕を信頼して、そばにいることができるようになるさ。僕は誓うよ、ミア。人生にかけて誓う。もう君を失望させないって」

ミアは表情を和らげてサントスの頬に触れた。

「あなたが私を失望させるかどうかは重要じゃないの。私たち二人が一緒に努力してやっていけるかどうかよ。それができると信じたいわ。でも……」

サントスは顔をしかめた。「でも……?」

「私は、アギラ家の女主人ってタイプじゃないわ」

ミアはサントスの腕から逃れ、顔にかかった髪を耳の後ろにかけた。

「僕の母のことを気にしているなら、大丈夫だよ。そのうちきっと態度を変えるさ」

ミアは小さくため息をついた。「たぶんね。でも、ほかの人たちは？　あなたはどう？　新鮮さが薄らいだあとはどうなるの？」

サントスは眉をひそめた。僕のことを、そんな浅はかな男だと思うのだろうか。「僕が君に飽きると思っているのか？」不機嫌な声が出てしまった。

「わからない。ギリシアでの日々はすばらしかったわ。でも私もあなたも、これは現実の生活とは違うとわかっているはずよ。セビリアに戻ったら、私の欠点がもっと目につくようになる。カトラリーを使う順番をわかっていないとか、そういうことだけを言っているんじゃないの」

サントスは胸の前で腕を組んだ。「だったら、何が言いたいんだい？」

ミアは肩をすくめ、緑豊かな庭に目をやった。

「あなたの住む世界は私にはなじみのないものだわ。いまでも私、そこに自分の居場所があるのかどうかわからない。そして私がなじめないからって、あなたになんとかしようと思ってほしくないの。責任を感じてほしくない。あなたはすでに十分重い責任を背負っている。私はあなたの重荷になりたくないの」

彼女は体の向きを変えてサントスを見据えた。

「だったら、僕たちはお互いに対して責任を負えばいい」

「それでうまくいくの？」

「実際にやってみないとわからないよ。僕たちは徹底的に話し合うことも、熟考することも、不安になって尻込みすることもできるけれど、最終的には、とにかく飛び込んでやってみるしかないんだ。それに実際問題として、僕はセビリアに戻らなければならない。仕事をしなくちゃならないし、君の言ったとおり、これは現実の生活じゃないから」

ミアは長いあいだ、サントスをじっと見つめていた。諦めたような、悲しげな表情だった。サントスも彼女を見つめた。一緒に家に戻ってくれと懇願するつもりはなかった。僕はミアに信じてほしいと言い、約束もした。今度はミアが一歩踏み出すべきだ。僕たち二人のために。

「わかったわ」ミアは言った。傷つき、同時にいら立ってもいるような声だった。「それで、いつ出発するの？」

# 14

高級SUVが重厚な練鉄製の門を抜けると、真っ青な空にそびえ立つマスタードイエローの壁が現れた。サントスが手に触れてきたので、ミアは無理やり笑みを浮かべた。怖くてたまらないし、おそらくサントスもそれをわかっている。でもミアは精いっぱい平気なふりをしていた。

二人はアモルゴス島からカディスまで、ヨットで丸三日かけて移動した。カディスの港に着くと二台の車がアギラ家のスタッフとともに待機していた。そして一行はセビリアへ向かった。同行したスタッフの中にはロナルドもいた。彼のミアに対する態度は、以前より少しだけ軟化していた。

一時間半の車移動のあいだ、サントスとミアはほとんど言葉を交わさなかった。サントスは仕事モードに入っていて、眉間にしわを寄せてひたすら携帯電話の画面に指を走らせ、メールをチェックしては返信していた。彼はスタッフとはスペイン語で話していた。仕方がないことだが、ミアははみ出し者になった気分だった。ミアはスペイン語でなんとか会話はできるものの、流暢《りゅうちょう》とは言いがたい。セビリアに戻ったら、スペイン語のレッスンを受けるのもいいかもしれない。そうすればサントスに自分が努力している姿を見てもらえるし、私は努力したいのだ。ミアは自分にそう言い聞かせた。たとえアギラ家の大邸宅が視界に入ってきただけで、不安と恐怖で胃がかき乱されるとしても。

私はこれから、この場所でのつらい思い出と向き合わなければならない。それだけではなく気まずさにも耐えなければならない。私はいまや、当主の手を焼かせたわがまま妻なのだ。サントスは私を捜しに出かけて、そして連れて帰ってきた。私とサントスはよい関係をほぼ取り戻しているとはいえ、人々の目にはどんなふうに映るだろう？　やんちゃな子供がしかられて、しょげて帰ってきたみたいに見えるだろう。そんなこと気にするべきじゃないのはわかっている。でも、屋敷に戻るのが楽しみでないのは事実だった。

二人の乗った車が、マホガニー製の巨大な玄関ドアの前でとまった。するとドアの向こうから、サントスの母のエヴァリナが険しい顔で出てきた。彼女はとても見栄えのする容姿の持ち主だ。品があってほっそりとしていて、白髪のほとんどない濃い色の髪を後ろでまとめている。注文仕立てのクリーム色のパンツと、黄緑色のシルクのブラウスに身を包み、エメラルドとダイヤモンドが使われた、揃《そろ》いのイヤリングとブレスレットとネックレスを着けていた。

いつものごとく、彼女の身だしなみには一分の隙もなく、優雅そのものだった。

ミアは今日、それなりに頑張って身なりを整えたつもりだった。リネンのワイドパンツをはき、裾が波形になった鮮やかな青色のトップスを合わせた。だが義母に比べると、まるでみっともなく感じられる。ミアはため息をつきそうになるのをこらえ、サントスに笑みを向けた。

「ようこそお帰り、愛しい人《ケリーダ》」サントスに優しい声でそう言われ、ミアの笑みが揺らいだ。ここが自分の家だと感じられないし、今後も感じられるのかわからない。

エヴァリナは引きつった笑みをたたえていた。使用人が車のドアを開け、ミアがゆっくりとおりると、エヴァリナは眉をひそめた。ミアは内心おびえつつも、必死で笑みをつくって義母と目を合わせた。

「どうもこんにちは」ミアは言った。義母の口元がこわばるのを見て、自分の口調が軽すぎたのだとわかった。とはいえ、ミアはいつもそうやって自分を守ってきたのだ。真剣に向き合わなければ傷つくこともない。少なくとも、傷ついていないみたいに見せることはできる。

「おかえりなさい」エヴァリナはなまりの強い英語で言った。「しばらくぶりだったわね」とげとげしい声だった。

玄関の前にずらりと使用人が並び、ぼそぼそと小さな声でミアに挨拶をした。エヴァリナが屋敷の中へ入り、ミアたちも続いた。サントスはミアの背中に手を添え、彼女をそっと前へ促してくれた。正直なところ、ミアはすぐにでもいま来た道を引き返したかった。でももう私は逃げない。ミアは自分に言い聞かせた。たとえどんなにそうしたくても。

中へ入ると、暗い色の木の壁がどんどん迫ってくるような恐怖を覚えた。壁に並んだアギラ家の先祖の肖像画がぼやける。ミアはゆっくり深呼吸した。私はここでやっていけるわ。やっていかなければならないのだから。サントスのために、自分のために、私たちのために。

「中庭に軽食とミントティーを用意させたわ」エヴァリナは依然として高圧的な口調で言った。「一息つきたいだろうと思って」

「ありがとう《グラシアス》、母さん《マドレ》」サントスは母親の頬にキスをした。

ミアは二人のあとについて中庭へ出た。ムーア様式の柱廊に囲まれ、中央には凝った装飾が施された噴水が鎮座している。クロスがかけられ、食器やナプキンが並べられたテーブルがあった。サントスはまずエヴァリナ、そしてミアのために椅子を引いてから、最後に座った。

「それにしても」エヴァリナは口元に笑みをたたえたが、目は笑っていなかった。「ずいぶん長いあいだ留守にしていたのね」

「二週間ほどギリシアに滞在していたんだ」サントスはすばやく答えた。「長いあいだってほどじゃない」

エヴァリナは値踏みするような視線をミアに向けた。「十分長いわよ」

「ええ、全部で八週間ですものね」ミアは明るい声を出そうと努めた。義母は私が家を出ていったことを厳しくとがめるつもりらしい。彼女を責められない。エヴァリナにしてみれば、私のやったことは言語道断なのだろう。それでも、あのときの私にはほかに選択肢はなかった。逃げ出すことしか考えられなかった。

「それで、あなたはどこに行っていたの、ミア？」エヴァリナは尋ねた。

戸惑い、答えられずにいるミアに、サントスは腕を回して言った。「それはどうでもいいことだよ、母さん。とにかく家に戻ってきたんだから」

「そうね」エヴァリナは少ししてから言い、冷たい目をミアに向けた。「いまは戻ったのよね」

永遠に終わらなさそうな一時間のあと、ミアはぐったりして大階段をのぼった。義母と過ごすあいだ、ずっと張りつめた空気が漂っていて、疲れ切ってしまった。

「私が戻ってきたこと、お母さまは喜んでいないみたいね」

サントスは軽く肩をすぼめた。「君が出ていったのが不満だったんだと思う。でも心配いらない。そのうちきっと態度を和らげるさ」

以前も彼は、同じように確信に満ちた様子でそう言った。ミアは歯ぎしりをしそうになった。

もし態度を和らげなかったら？　そう尋ねたかったが、口には出さなかった。尋ねたところで、そんなことはないと一蹴されて終わりだろう。屋敷に戻って一時間しかたっていないのに、ミアはもうすでに、サントスが取り合ってくれないという以前の問題にぶち当たっていた。彼は本当に、母親のとげとげしい態度に気づいていないのかしら？　そうとは思えないわ。

「ここ、私たちの寝室じゃないわ」サントスに見慣れない部屋へ連れていかれたミアは驚いて言った。棟の一番奥にある部屋だった。エヴァリナ専用の棟は別にある。サントスとミアは、以前は母屋を使っていた。この部屋は母屋の寝室より広々としていて、屋敷のほかの部分から離れているので、二人だけの空間という感じがする。

ミアは部屋の中を見回した。よろい戸付きの窓の向こうには青空とオレンジ畑が見える。キングサイズの天蓋付きベッドには、柔らかなリネンの寝具がかけられている。

「気分を一新するのもいいかなと思ってね」サントスは言った。「ここならプライバシーもあるし、新しいスタートを切れる」彼はミアの手を取って部屋の奥へ連れていった。ミアは涼しくて広々とした空間をきょろきょろと見回しながらサントスについていった。母屋の寝室も広かったが、薄暗くて重々しい雰囲気だった。壁に飾られた先祖の肖像画はミアに――そしてたぶんサントスにも――アギラ家の人間が背負った期待や責任の大きさを思い知らせていた。

「それもいいわね」ミアがにっこりして言うと、サントスはミアを引き寄せてキスをした。唇がそっと触れ合うだけのさりげないキスだったが、約束のように感じられ、ミアはそれを信じることにした。きっと今回はうまくいくわ。

サントスはもう一度ミアにキスをした。それは所有欲もあらわな、熱のこもったキスだった。ミアは甘い吐息をついて彼に身をまかせた。サントスはミアの体に腕を回してキスを深めた。まるで、二人が交わした誓い――そしてこれから築く未来を、確かなものにするかのように。少なくともサントスにはそう感じられた。今度は前とは違う。何もかもきっとうまくいくはずだ。

確かに、さっき中庭で母と過ごしたときは空気がかなりぴりぴりしていた。それはサントスも感じていた。だが、そのうち母も態度を変えるに違いない。母は分別のある人だ。それに母自身、家柄や金のためではなく、愛のために結婚したのだから。とはいえ、車が私道を進んでいたとき、車内からアギラ家の屋敷に目をやるミアの顔が恐怖で凍りついていたのを、サントスは見逃さなかった。胸が痛んだ。ミアを安心させたかった。そして、彼女を安心させるにはこれが最良の方法だった。

ミアはサントスの首に両腕を巻きつけ、体を押し当てた。サントスはミアのヒップに置いていた手を胸まで移動させ、ふくらみを包み込んだ。胸の先端を親指でなぞると、ミアが甘いあえぎをもらした。

「サントス……」ミアはサントスと唇を重ねたまま、つぶやいた。「私たち、どこへ行ったんだろうと思われているわよ、きっと」

「どうでもいいさ」サントスはうなり声をもらし、ミアの喉にキスをして、さらに胸の谷間にもキスをした。「君は気になるのか？」

「いいえ……」ミアは吐息をもらすと、サントスが愛撫《あいぶ》しやすいよう背を弓なりにそらした。「いいえ、気にならないわ……」

すばらしい一時間を過ごしたあと、サントスはシャワーを浴びて着替えると、仕事をしに地所内のオフィス棟へ向かった。ミアはまだベッドの中にいたが、これから荷ほどきをするらしい。サントスは、あとで地所を案内するよと伝えた。これまで一度も、彼女に地所内を見せて回っていないと気づいたのだ。ミアは、あとで会いに行くわ、と言っていた。

切なげな表情を浮かべる彼女が、サントスは心配だった。ミアがここで自分の居場所を見つけられるよう僕が力にならなければいけない。すでにサントスは思案を始めていた。ミアの強み――彼女の気さくな人柄や旺盛な好奇心を、いかせる仕事はなんだろうかと。地所のスタッフとやり取りする仕事はどうだろうか。それとも、ソーシャルメディアを活用した広報活動に携わってもらったらどうだろうか。無理強いをするつもりはないが、僕はミアに、自分もこの場所の大切な一員なのだと感じてほしい。あとで敷地を案内しながら話してみよう。ここで築く未来のことを、二人で話し合うのだ。

オフィスに入り仕事を始めた。いざ取りかかってみると、驚くほど気分がよかった。サントスにとって、地所の運営の舵取《かじと》りはもう自分の一部になっている。間近に迫ったオリーブの収穫や、卸売業者とのやり取りや肥料の選定について、一時間ほどマネージャーのアントニオと打ち合わせをした。打ち合わせを終えたあと、受信トレイにたまった数え切れない量のメールに目を通し、返信していると、ドアをノックする音が聞こえた。

「入ってくれ」集中していたサントスはぶっきらぼうな声で言った。

「お邪魔じゃないといいけど」入ってきたのはエヴァリナだった。

「母さん《マードレ》！」サントスは驚いて立ち上がった。オレンジ畑のそばにあるオフィス棟へ、母が来ることはめったにない。彼女はビジネスのことは夫に――そして夫亡きあとは息子にまかせきりにしていた。

「どうかしたのかい？」

「こっちこそききたいわ」エヴァリナは腕を組んで

片眉を吊《つ》り上《あ》げた。「まさか、あなたがあの悪妻を連れて戻ってくるとは思わなかったわ」

体がこわばり、サントスは無理やり力を抜いた。ミアを最初に家へ連れ帰ったとき、母は驚いてはいたものの、真実の愛なら仕方ないなどとつぶやいて反対はしなかった。とはいえ、その表情や険のある物言いから、母が二人の結婚に不服とまではいかなくても、少なくとも不安を覚えているのは明らかだった。母の気持ちも理解できたので、サントスはあえて母をとがめなかったし、そのうち時間がたてば丸くおさまると思っていた。

「なぜ？」サントスは穏やかな声で言った。「僕は彼女を捜しに行ったんだよ？」

「私は、あなたが目を覚ますと思っていたのよ」

「目を覚ましてどうすると思ったんだ？　離婚すると思ったのか？」

「ロドリゴと話をしたの」母はアギラ家の顧問弁護士の名前を出した。「彼いわく、離婚手続きは簡単にできるそうよ」

サントスは小声で毒づいた。母が気の強い女性なのはわかっている。だが、いくらなんでもこれは度を超している。「僕は離婚する気はないよ、母さん。ミアもね」

「でも彼女はあなたを捨てたじゃないの、サントス。あんな女が妻でいったいどうやって、この地で堂々と振る舞えるというの。彼女のせいでみんなに噂《うわさ》されて——一家の面汚しだわ！」

「言葉に気をつけてくれ、母さん」サントスは言った。「ミアは僕の妻だ」

「じゃあ、もっとわかりやすく言うわ。あなたはアギラ家の名を汚したわ、サントス。ミアを連れて帰ってきたことでね。彼女はあなたにも、この場所にもふさわしくない。彼女と一緒じゃ、あなたは従業員にも仕事相手にも、堂々と顔向けなんてできやし

「以前は、あなたは離婚したくてもできなかったでしょう」母はサントスを遮って言った。「彼女が妊娠していたから。起きたことは不運だったけれど、流産は神のおぼしめしだったのよ」

「やめてくれ」サントスはすばやく言った。「そんなふうに僕の赤ん坊のことを言わないでくれ」

「サントス」母は悲嘆に顔を歪《ゆが》め、サントスに向かって両腕を差し出した。「あなたのためを思って言っているの。アギラ家のためを思って……あの金目当ての女は、ふさわしくないわ」

「ミアは金目当ての女じゃない」サントスは冷たく言い返した。母がたとえ一瞬でも、ミアのことをそんなふうに思うのが耐えられなかった。「彼女は出ていくとき、僕が買ってやった服や宝石を持っていかなかった」ミアの汚れたリュックサックを思い出し、胸が締めつけられた。

エヴァリナはサントスの言葉を退けるように肩をすくめた。「そんなこと、どうでもいいわ」

「母さん、言いすぎだよ」サントスは言った。顔が熱くなり、拳を握り締める。まさか、母がここまでミアのことを蔑んでいるなんて思いもしなかった。

ミアは何度も、僕に伝えようとしてくれていたのに。

「母さんはミアのことを知らないから――」

「知りたくないわ」エヴァリナはぴしゃりと言った。「彼女はあなたを捨てたのよ、サントス！」

サントスは拳をさらに強く握り締めた。壁にパンチをするとか、そういう愚かなことをしてしまわないように。母はこれまで一度も、こんなふうにあからさまに悪意のこもった言葉を口に出すことはなかった。サントスは母のことを理性的な人だと思っていたが、いまの彼女は感情に突き動かされて、暴言を吐いているように見える。そういう母の態度はサントスを動揺させ、激怒させた。「彼女が出ていったのには理由が――」

すくめた。「あなたは婚前契約書を作成しなかったわ。離婚すれば、ミアは高額の和解金を手にできる。それを当てにしていたに違いないわ」

「だが、彼女は僕と一緒に戻った」

「彼女に離婚しようと言われたことはないの？」

サントスは黙り込んだ。ヨットでミアが最初に離婚を求めてきたときのことを思い出す。あのとき、彼女は和解金を要求しなかった。だが要求するつもりだったのだろうか。もし求められたら僕は支払っていただろう。いまでも、もしそんなことになったら払うつもりだが……あのときのことを思い出すと一抹の疑念が頭をもたげた。でもそんな疑念は抱きたくない。僕はミアを愛しているし、ミアも僕を愛している。

だが、ミアが僕に愛していると言ったことはない。愛していると言ったのは僕だけだ。ミアはキスや笑みを返してくれたが、はっきり口に出してくれたことはない。

サントスはくるりと母に背を向け、髪に手を差し入れて引っ張った。こんなことを考えたり、感じたりしたくないのに。以前抱いていたあらゆる疑念がいっきに押し寄せてくる。だが、それを押しとどめようとした。自分のミアへの愛を信じるために。そして、ミアの僕への愛を。たとえ言葉でそう言われたことはなくても。

「サントス」エヴァリナの声は優しく穏やかになった。彼女はサントスの後ろにやってきて、片手を彼の肩に置いた。「あなたはその名前に恥じない生き方をすべきなの。イザベラ・ルイスに興味が持てなかったのは仕方ないとしても、結婚相手にふさわしい女性はほかにもいるはずよ。私たちのように立派な家柄で、あなたが背負っている責任を理解し、アギラの名に敬意を払ってくれる女性が」

サントスはしばらく黙り込み、母が言ったことを考え、その意味を理解しようとしていた。母がミアのことをこんなふうに思っていたなんて。いつか母がミアを認める日が来るのだろうか？　たぶん来ないだろう。そう思うとサントスは悲しくなったが、だからといって自分の気持ちが揺るがないこともわかっていた。僕はミアを愛している。彼女への愛を、僕から奪うことなど誰もできはしない。

「あなたは恋にのぼせて過ちを犯してしまっただけよ」母は続けた。今度は諭すような低い声だった。「彼女のいたいけな瞳にすっかりほだされたのはあなたが最初じゃないはずよ。彼女と結婚したままでいるほうが、ずっと多くの恥をかくことになるわ。アギラ家の一員であることがどういうことなのか、彼女には決して理解できない。あなたのためにも、家族のためにもならないわ」

「母さん……」サントスの喉が苦しくなった。母がこんなにもミアに対して冷たい感情を抱いているなんて知らなかった。知らなかった自分が憎い。

「お願いだから考えてみて」母はサントスの肩を強くさすってから後ろへ下がった。「あなたにはアギラ家を、そしてお父さまの記憶を継承していく義務があるの。情熱や怒りではなく、持っているはずの理性に従って冷静に判断してちょうだい。そうすれば、きっとあなたは我に返るはずよ」

「それで、そのあとは？」サントスはくぐもった声で言った。「離婚しろというのか」

「そうよ」サントスの母はすばやく答えた。「さっき言ったように、簡単にすむわ。ロドリゴはもう書類を揃えてくれているの」

「そうなのか？」また頭が混乱してきた。信じられない。まさか母がすでに離婚の手配までして、こんなふうに僕を言いくるめようとしてくるとは。

一瞬、サントスはそこにたたずんで、いま起きていることをただ自分の中に受け入れてみた。アギラ家の当主としての立場で、この土地のことを考えてみる。僕は母だけでなく、多くの人々——従業員やこの地域で暮らす人々の期待を背負っている。ミアはこの場所のことを、自分の家だとは思えなかった。これからだって思えないだろう。こんなふうに悪意を向けられて、どうやって、ここを我が家だと思えというんだ？

僕がミアと離婚したら——離婚か、またはなんらかの別離に応じたら——そのほうが、長い目で見れば僕のためにもミアのためにもなるのだろうか？

その考えは、まるでナイフのようにサントスの胸を突き刺した。めまいすら覚える。だがそのとき、サントスの中を確信が貫いた。目が覚め、意識がはっきりと働き始める。

「母さん……」サントスが口を開いたとき、オフィスのドアの外で人が動く音が聞こえた。押しころしたすすり泣きが聞こえたかと思うと、足音が廊下を進んでいき、建物のドアが開く音がした。

サントスの心は沈んだ。ミアだ。きっとすべてを立ち聞きしてしまったのだろう。スペイン語の僕たちの会話を、彼女はどれぐらい理解したのだろうか。おそらく、かなり理解しただろう。十分すぎるほど理解したに違いない。

# 15

ミアは悪魔に追われているかのように必死で駆けた。ある意味、本当に悪魔に追われているような気分だった。サントスの母の言葉、そしてサントスの慎重な受け答えが、頭の中で際限なく鳴り響いている。どんなに速く走っても、どんなに長く走っても鳴りやまなかった。

〝彼女と結婚したままでいるほうが、ずっと多くの恥をかくことになるわ。アギラ家の一員であることがどういうことなのか、彼女には決して理解できない。あなたのためにも、家族のためにもならないわ〟

嗚咽《おえつ》がもれる。ミアはまた逃げ出すつもりで屋敷へ戻った。だって、私はいないほうがいいと思われているんだから。私だってここにいるのはつらい。そんな場所にとどまるつもりはない。〝いつだって前に進む〟というのが私の信条だったのだ。サントスに出会うまでは。

大階段を駆け上がり、廊下を進んで寝室へ向かう。たった数時間前に、ベッドでサントスと寝そべっていた寝室へ。私たちは満ち足りた気分でうっとりとまどろんでいた。まるで生まれ変わったような気分だった。サントスに会いにオフィスへ行ったのは、私は努力しようとしているのだと、彼にわかってほしかったからだ。私は彼に、オリーブ畑を案内してほしいと頼むつもりだった。この地所のことを知り、自分もその一部になりたかった。

でも、もうそうはならない。

寝室に入っていく。まるで初めて見る部屋のように感じながら、ミアは室内を見回した。この家が我が家だと思えたことはない。一度だって温かく迎えられたことはなかった。私とサントスがうまくいくのは、外の世界の影響を受けない美しい場所で、二人きりでいるときだけなのだ。でも、前に私がサントスに言ったように、そんなのは現実の生活じゃない。そして私たちは、現実に直面するとたんにうまくいかなくなってしまう。私は前から、そうじゃないかと不安に思っていた。そしてきっと、サントスも不安に思い始めているのだろう。

サントスはエヴァリナの主張をはねつけなかった。離婚なんてとんでもないとは言わなかった。ドアの向こうからもれ聞こえる音から推し量るに、彼は離婚を検討しようとしているかのようだった。それどころか離婚に納得しているように聞こえた。エヴァリナの主張は理にかなっていると、そう思っているようだった。だって、サントスは分別のある理性的な人だから。私との結婚は、普段の彼の行動からは考えられないことだった。だから彼が離婚を望んだとしても納得だ。でも私はここに残って、彼が離婚を切り出すのを待っているつもりはない。

ミアのリュックサックはスーツケースにもたせかけてあった。数個並んだスーツケースは、バルセロナでサントスが、新しい服を入れるようにと買ってくれたものだった。リュックサックはとても小さく、わびしく見えたが、それこそが自分という人間をよく表していると感じた。ミアはリュックサックをつかんで肩にかけた。そのとき、このリュックサックは自分の家なのだと思った。バッグ一つだけ持って、また次の場所へ逃げていく。それが私の生き方だ。それ以外の生き方を知らないし、今後も知ることはないだろう。

ミアはドアのほうを向こうと、体をくるりと回転させようとしたが、動きがゆっくりになった。一瞬、まるで魔法にかけられたように部屋にもやがかかり、まったく別の視点から眺めることができたのだ。ベッドの上でミアとサントスが手足をからませ合っているのが見える。ミアはサントスに腕を回され、彼の胸板に頭をのせている。窓から青空を眺めているミア。可能性に満ちあふれた新しい一日。ソファに座っている二人の姿が見える。ミアが腕に抱いた赤ちゃんを、サントスが驚きに満ちた顔で、愛《いと》おしそうに見つめている。

小さな泣き声がもれる。ここから逃げ出したら、いま目にした光景は現実にならないままだ。私はひたすら逃げ続けて、変わることも学ぶことも、成長することもない。それは本当に私が望むことなの？　サントスは私にどうしてほしいのだろう？

でも、彼は母親に反論しなかった。私を愛していて、一緒にいたいのだと言わなかった。そう言おうとしているようにも聞こえなかった。彼は以前、疑う気持ちはないと主張していた。でも私は騙《だま》されない。彼は認めないかもしれないけれど――私たちがうまくいかないかもしれないと疑っているのだ。そんなふうに疑いを抱えたままで、どうやって一緒にやっていけるというの。

ゆっくりと部屋を見回すと、さっきまでの幸せな幻影があとかたもなく消えていった。ミアはリュックサックの位置をぐいと上げて、部屋から出ていき、階段をおり、屋敷をあとにした。

そこからは立ち止まらなかった。

サントスは小声で毒づき、ドアへ向かった。

エヴァリナが懇願するように手を伸ばした。「サントス……」

「きっとミアだ」彼は母の声を遮った。「全部聞かれてしまったと思う」

母は一瞬戸惑った顔をしてから、顎を上げて挑むようにサントスを見た。「聞かれたらどうだっていの？」

サントスはゆっくりとかぶりを振った。「僕はミアを愛しているんだ、母さん」静かな声で言った。「母さんは信じていなかっただろうし、それとも信じたくなかったのかもしれない。だがミアは僕の妻で、僕は彼女を愛しているんだ。ミアといるときの自分が好きだし、彼女と一緒に人生を歩んでいきたいんだ。だから離婚なんて絶対にしない。母さんはもっとミアに敬意を払ってほしい。だって彼女はアギラ家の人間であり、彼女といることが僕の名誉だから」

サントスは母の顔にあからさまなショックが表れるのを見て、それを楽しんでいる自分に気づいた。

「もし、この家にミアを迎え入れるのが難しいというなら、母さんは別の場所で暮らしたほうがいいのかもしれない」

「サントス……」エヴァリナはショックで顔を歪《ゆが》めた。

「僕は本気だよ、母さん。ミアは僕の妻で、これからもずっとそうだ。だから受け入れてくれ」母の反応を待たずに、サントスはオフィスから出ていった。

屋敷へ大股で歩いていく。血が沸き立ち、心は怒りでたぎっている。ミアはいまどんな気持ちでいるだろう。そして、いま何をしているだろう。数日前の彼女の言葉がよみがえる。

〝何か問題が起きたりして、自分が傷つきそうな状況になると、私は逃げ出してしまうの。いつもそうしてきたのよ〟

今回は違う。サントスは自分に言い聞かせた。ミアは逃げ出したりしない。だって、もう以前の僕たちじゃないはずだから。これからは一緒に努力しようと約束したはずだから。

でも、努力だけでは足りないとしたら？　サントススは恐怖を抑え込むために顔をしかめ、屋敷の中へ急いで入っていった。

寝室へ入った瞬間、彼女が出ていったとわかった。家の中が、そしてサントスの心が空っぽになって、冷たい風が吹き抜けていくようだった。ミアは行ってしまった。そうに違いない。こんなにすぐに出ていくなんて！　今回も書き置きすらない。またこんなふうに僕を捨てるなんて……信じられない。彼女はそもそも、僕を愛してなどいなかったのか？

どうしてこんなことができるんだ？　みじめな気持ちでそう思った。今回はもう、彼女を捜し出して家に連れて帰るだけのエネルギーが自分にあるのかわからない。

サントスは寝室を歩き回り、大声で悪態をついた。ミアの荷物が入ったスーツケースはすべてそのままだ。この部屋に着いたときに彼女が脱いだ服も、乱れたベッドの上に投げ捨てたままになっている。だが、一つだけないものがあった。彼女の古いリュックサックだ。

以前と同じだ。

込み上げる涙を、サントスは目をしばたたいて追いやった。僕はこの三週間、必死でミアを取り戻そうとした。自分は信頼に値する男だと、あらゆる方法で彼女に示そうとした。なぜ彼女は僕を信じてくれなかったのか。なぜ待ってくれなかったのか。まずは話をして、僕に説明させてくれてもよかったんじゃないのか？

だが、何を言えたというのだろう？　僕は母の強い言葉にぎょっとして、そして認めたくはないが、ほんの少しのあいだ疑いを持ってしまった。

とはいえ結局のところ、責められるべきは僕だけではないのだろう。だって、ミアは行ってしまったから。彼女は僕を信じていなかったから。二人で困難を乗り越えてうまくやっていけると、彼女は信じていなかったから。夫婦としてうまくやっていくには、どちらか片方ではなく、二人の努力が必要なのだとミアは言った。僕は彼女にも自分自身にも、努力すると誓った。結局、誓いを破るのはいつも彼女のほうだ。

サントスは震える息を吐き、髪に手を差し入れて頭を掻《か》いた。いまロドリゴに電話をかければ、少なくとも午後には離婚の手続きを開始できるだろう。そんなことはしたくない。でも、ミアはどこにいるんだ？

なすすべもなく、サントスはゆっくりと寝室から出ていった。ミアがいないと屋敷はうつろに感じられる。そして、自分の心も空っぽに感じた。なぜ彼女は出ていってしまったんだ？　せめて何か言うことはなかったのか？

「サントス……」エヴァリナが階段の下に立っていた。「彼女、出ていったの？」

サントスは胸も喉も痛かったが、なんとか声を絞り出した。「ああ」

驚いたことに、母は嬉《うれ》しそうでもなければ、せいせいしてもいなさそうだった。それどころか彼女は失望し、後悔すらしている様子でうなだれた。

「ごめんなさい。私……そんなつもりじゃなかったのよ」

サントスは乾いた笑い声を出した。「まさしくそんなつもりだったんじゃないのか、母さん」

「違うわ、サントス」母は手をひらひらさせながらサントスに近づいてきた。「私はそんな……あなたが彼女を本当に愛しているなんて気づかなかったの」

サントスは無言で母を見つめた。

「のぼせ上がっているだけだって思っていたわ……愛じゃなくて」

少しのあいだ、サントスは何も言わなかった。正直なところ、母がそう思ったのも仕方がない。ミアと結婚し、彼女を家へ連れて帰ってきたとき、僕は彼女と知り合って二週間しかたっていなかったのだ。あのとき、僕は彼女を愛していたのだろうか。それとも母やミア自身が言ったように、ただのぼせ上がっていただけなのか。そして、それは重要なことなのだろうか。僕はいま、ミアを愛しているのだから。

だが、彼女のほうはどうだろう？

「僕はミアを愛している」サントスは言った。「彼女を取り戻すつもりだ」

さっき抱いてしまった気持ち——ミアを手放したほうがいいのではないかという迷いは、あとかたもなく消えてしまった。僕はミアを愛している。そしてきっと、ミアも僕を愛してくれている。彼女は言葉に出して伝えてはくれなかったが、たくさんの方法で愛を示してくれていたはずじゃないのか？　僕たちは二人とも、自分なりの方法で愛を示していた。僕は結婚生活を、そして二人の愛を取り戻すために戦うつもりだ。

でも、ミアに戦う気はあるのだろうか？

「彼女、どこへ行ったと思う？」母が尋ねた。

サントスは長いため息をついた。「わからない」どこから捜していいのかもわからない。また無力感が押し寄せてくる。愛だけじゃ足りなかったのか。もしミアが、この結婚を守るために戦う気がなく、僕だけが努力しなければならないのなら……うまくいくのかわからない。ミアが言ったとおり、二人で努力しなければならないのだ。だが、いまここにいるのは僕だけだ。

サントスは空っぽの屋敷を見渡した。僕たちはいったいどうなるんだ？

# 16

ミアが屋敷に戻ってきたのは夕暮れどきだった。体は痛く、目はごろごろするが、心は驚くほど落ち着いていた。彼女は腹を決めていた。

屋敷内は不気味なほど暗く、静まり返っていて、ミアは不安と罪悪感がわき上がるのを感じた。飛び出していってから長い時間がたってしまった。少なくとも四、五時間はたっている。サントスはきっと、私がどこへ行ったのかと心配しているだろう。怒っているだろうか？

階段へ向かって歩いていくと、床がきしんだ。家の中が空っぽのように感じられて、ますます不安になる。巨大な邸宅なのに人の気配がない。そのとき、

いくつもある応接室の一つから光がもれているのに気づいた。ドアがわずかに開いている。少しためらったのち、ミアは爪先歩きでドアへ近づき、部屋の中を覗《のぞ》いた。石造りの大きな暖炉が鎮座し、革張りのソファや椅子など、濃い色の重厚な家具が置かれている。

サントスはそこにいた。テラスへ続くガラスの両開きドアのそばで、肘掛け椅子にぐったりと腰をおろしている。空っぽのウイスキーグラスを力なく持ち、頭を椅子の背に預けて目を閉じている。疲れているようだ。というより、途方に暮れているように見える。愛《いと》おしさと恐怖でミアの胸が締めつけられた。こんなに長く不在にすべきじゃなかった。でも、頭を整理し、心を決めるための時間が必要だったのだ。

ミアは部屋の中へ入った。サントスは動かなかった。

「サントス」ミアは優しく声をかけた。この美しい男性――誇り高く、同時に謙虚でもある男性に対する愛で胸がいっぱいだった。永遠に感じられるほど長い時間のあと、サントスは目を開けた。何度か瞬《まばた》きをしてから、ゴールデンブラウンの目をミアに向け、唇を歪《ゆが》ませた。

「戻ったんだね」嬉《うれ》しいわけでも、ほっとしているわけでもなさそうな彼の平坦《へいたん》な声は、ミアの心をびくつかせた。

「ええ」ミアは肩にかけたリュックサックをぐいと上げた。「ごめんなさい。長い時間、出かけてしまっていて」

サントスは暖炉の上の置き時計をちらりと見てから、ミアに視線を戻した。「六時間だ」

「ごめんなさい」ミアはもう一度言った。「本当に悪かったわ」

「それは心からの言葉なのかい、ミア？」サントスはすばやく立ち上がり、部屋の隅にある飲み物が並んだテーブルのそばへ行くと、グラスにウイスキーを注いで一口で飲み干した。「本当に悪かったと思っているのか？」

「サントス……」ミアはなんと言っていいかわからなかった。「本当よ。私……少し一人になって考えたかったの。あのあと……」そこで言いよどみ、唾をのみ込んだ。「あなた、怒っているの？」

「いや」サントスはグラスを置き、ミアのほうを振り返った。腕を組み、穏やかでない表情を浮かべている。「最初は怒っていた。それは認めるよ。僕と母の会話を君が聞いて、勘違いしたと思ったんだ」

「私が勘違いしたですって？」ミアは言い返した。「お母さまはあなたに、結婚を終わらせるよう頼んでいたわ。あなたは……あなたはそこで無言になった。まるで検討しているかのように。あなたは断らなかった」その話を持ち出したくはなかったが、あの沈黙には傷ついた。いまも傷ついている。

「僕は母の言葉にショックを受けていたんだ」サントスは淡々と言った。「理解するのに時間がかかったんだよ。それに君の言うとおり、確かに僕は一瞬、離婚のことを考えた。でも、それはあのときじゃない」彼は悲しみに燃える瞳をミアに向けた。「ほんの一瞬だけ、君が出ていったあとに考えたよ――君がまた、出ていってしまったあとにね」

ミアは口を開いたが、何も言わずに閉じ、サントスに一歩近づいた。「サントス。私、出ていったわけじゃ――」

「嘘《うそ》をつかないでくれ」彼はミアを遮った。

サントスの冷ややかな声には激しい怒りがこもっていた。彼のそんな声を聞くのは初めてで、ミアは怖くなった。きっと心配し、いら立っているだろうとは思ったが、こんなのは想像していなかった。

「たくさんのことを一緒に乗り越えてきたのに」サントスは同じ冷たい声で続けた。「乗り越えようとしたのに……嘘をつかないでくれ、ミア」彼は声を詰まらせた。その声には怒りではなく深い悲しみが滲《にじ》んでいて、ミアは胸が締めつけられ、涙が込み上げた。「君はリュックサックを持っていった」サントスは目を閉じ、ざらついた声で言った。そしてまぶたを開け、ミアをうつろな目で見つめた。「だからわかったんだ」

「サントス、ごめんなさい」ミアは声を出すので精いっぱいだった。涙で視界がくもり、何度か瞬きをして追いやった。

「君は出ていくつもりだったのか?」

ミアは正直に打ち明けるべきだとわかっていた。

「ええと……私も、離婚のことを考えたの」低い声で認めた。「あなたと同じで、ほんの一瞬だけね。私……会話を立ち聞きして傷ついていたし、怖かったの。そして、前にも言ったけれど、そういうとき私は逃げようとしてしまう。反射的にそうしてしまうのよ。でも、そんなに遠くへは行けなかったわ。玄関ドアに辿《たど》り着《つ》く前から、自分が求めているのは離婚じゃないと気づいていたの」

「じゃあ、君は何を求めていたんだい？」サントスは尋ねた。いまだ声には抑揚がなく、ミアの返事はどうでもいいかのようだった。「結局出ていったのはなぜなんだ？」

ミアは、まずは二つ目の質問に答えようと決めた。

「頭を整理したかったからよ」

「六時間も？」

「サントス、お願いだから聞いてちょうだい。そんなに長い時間いなくなるべきじゃなかったし、本当に申し訳ないと思っているわ。でも、私はショックを受けていたの。あなたのお母さまが言ったこと、そして、それを聞いたときの自分の反応にね。あなたの反応じゃなくて。私、すぐに逃げ出そうとした自分に驚いていた。そして、そんな自分が怖かったわ」

ミアが部屋に入ってから初めて、サントスの目が興味深げにちらついた。理解と思いやりすら宿っているように見える。「それで？」彼は静かに尋ねた。

「それで、じっくり考える必要があったの。私、次にあなたに会うときに、感情にまかせてあなたを責めたり、黙り込んだりしたくなかった。傷ついていたとしても、以前とは違う反応をしたかった。でも時間が必要だったの」

「そうか」サントスは腕を組み、ミアと目を合わせた。「それで、メールでどこにいるのか知らせることすらできなかったというわけか」

罪悪感が体の中を駆け巡るのを感じ、ミアは目を閉じた。「ごめんなさい」か細い声で言う。「あなたに連絡すべきだったわよね。私が思うに、昔からの習慣ってなかなか抜けないの。私は電波が届かない場所に行きたかったの。何にも邪魔されずに一人で考えたかったから。でもあなたには申し訳なかったわ。どこにいるのか知らせるべきだった」ミアは目を開けた。「信じて、サントス。本当に悪かったと思っているわ」

「連絡してほしかったよ」サントスはさっき座っていた肘掛け椅子に近づき、どさっと腰をおろし、頭を両手で抱えた。「それで僕たちはどうなるんだい、ミア？　僕たちは二人とも、染みついた習慣から抜け出そうとしている。でも、うまくいくことなんてあるのかな」

「わからないわ」ミアは静かに認めた。「でも努力したい。それが、私がオレンジ畑を歩きながら辿り着いた結論よ。私、この土地が、あなたの一部のように感じたの。それを愛しく思ったし、あなたにとってかけがえのないこの土地を、自分も愛しているとわかったわ。そして、私もこの場所の一部になりたいと思った。あなたと一緒にね」

サントスは顔を上げ、形容しがたい表情になった。

「初めて言ったね」

「何を？」

「愛していると。君はいままで、一度もその言葉を使わなかった」

「そ、そうよね」ミアは再び罪悪感に駆られた。いままでは、その言葉を口にするのがすごく難しく感じられたのだ。「私はあなたを愛しているわ、サントス。いつからかはわからない――ポルトガルで出会ったときからなのか、それとも、時間をかけて徐々に愛するようになったのか。でもとにかく、私はあなたを愛しているの。そして、これからの人生をあなたと一緒に過ごしたいの」

サントスはかすかにほほ笑んだ。「僕も同じことを考えていたんだ。いつ君を愛するようになったのかはわからないが、それはどうでもいい。大事なのは、いま、僕が君を愛しているということだ」

「私も愛しているわ」口に出すごとに、どんどん簡単になっていく。ミアは愛していると言いたかった。彼に知ってほしかった。

「君は」サントスが少しして尋ねた。「愛さえあれば十分だと思うかい？」

「十分じゃないわ」ミアは答えた。「でも、希望を持って努力することができたら――それが伴うなら、十分すぎるほどだわ」

サントスはミアを見つめた。そしてミアが驚いたことに、彼は顔をくしゃくしゃにした。「君は出ていったんだと思った」彼は肩を震わせた。

「ああ、サントス」ミアはサントスに駆け寄り、ひざまずいた。彼に腕を回し、自分の胸に彼の頭を引き寄せる。サントスはミアに身を寄せ、彼女を強く抱き締めた。「サントス、私は出ていったんじゃない。あなたを愛しているの。愛している、愛しているわ」彼が信じてくれるまで、何度でも言おうと思った。

サントスはミアにしがみつき、彼女の喉に唇を押し当てた。「僕も君をとても愛しているよ、ミア。僕は努力したいんだ、僕たちのために……だが、今日みたいなことはもう経験したくない。君が出ていくんじゃないかとおびえながら生きるのはいやだ」

ミアは胸が締めつけられた。「サントス、もうそんなことにはならないわ。私は出ていかない。約束するわ」感情があふれて声がとぎれる。「今日それがわかったの。ここを出ていきたくないって。たとえ出ていきたくなっても、出ていかないわ。だって私たち、誓いを立てたんだから。私たちはお互いを信じないといけないわ。誓いを守れるんだって信じるの」ミアは腕に力をこめた。「あなたは私を信じる？」

サントスは頭を上げて、涙に濡《ぬ》れた瞳でミアを見つめた。「君は僕を信じていないと思っていた」

「信じているわ」ミアは優しい声で言った。「険しい道のりになるのはわかっているわ。特に、あなたのお母さまが私を嫌っているし……」

「違うよ」サントスは言った。ミアは反論しようとしたが、彼はかぶりを振った。「頼む、信じてくれ。母は確かに母は僕たちの結婚に納得していなかった。母がそこまで強い不満を抱いていたなんて、僕は気づかなかったんだ。すまなかった。だが今日、君が出ていったあと、母は言ったよ。僕たちがどれほど深く愛し合っているか、知らなかったのだと。母は態度を和らげるよ、ミア。約束する。もうすでに態度を軟化させているし、そうでないとしても——何があろうと僕たちは一緒だ。母がそれを受け入れられないなら、彼女はほかの場所に住めばいい」

「サントス、そんな——」

「母にそう言ったんだ。本心だよ。僕は君にここで幸せに過ごしてほしい。安全で、みんなに受け入れられていると感じてほしい。それについては議論の余地はないんだ」

「ありがとう」ミアはささやいた。彼の思いやりと気遣いに感激していた。「すごく嬉しい」

「愛しているよ」

「私も愛しているわ、とても」

ミアはかがんでサントスにそっとキスをした。二人の未来は輝いている。どんな未来かはわからないが、不安はない。サントスと一緒に、試行錯誤しながら前に進んでいくのだ。

「何があっても変わらないわ」ミアがそう言うと、サントスはキスを深めた。

# エピローグ

二年後

屋敷は夏の日差しを浴びて輝いていた。ミアは満足げな表情で中庭を見回した。庭を囲む柱廊の柱はたくさんの風船で飾りつけられている。庭の片端に設置されたテーブルにはレモネードとサングリアが並べられ、噴水には、釣り遊び用の黄色いプラスチックのあひるが何十個も浮かんでいる。テラスには野外ゲームのセットがいくつも置いてある。今日のガーデンパーティにやってくる子供たちのために用意したものだ。このパーティは、新しく始めた年に一度の行事で、地所のスタッフや従業員の慰労を目的としている。

この二年間、ミアはこの地所に自分の居場所をつくろうと必死で努力した。サントスはそんなミアをそばで支え、励ました。ミアはまず、誰の役割や仕事も奪わないように気をつけた。特に、エヴァリナの領域を侵害してはいけないと思ったが、義母は長期のヨーロッパ周遊旅行に出かけてしまった。それは主に、ミアとサントスの邪魔をしないようにするためだった。

アギラ家が自社製品の宣伝にソーシャルメディアをあまり活用していないと知ったとき、ミアは自分が担うべき役割がわかった。サントスの妹マリナは、一度セビリアへやってきて、サントスとミアの結婚を祝福してくれた。とても楽しい人で、ミアは彼女と親しくなれて嬉《うれ》しかった。そして、エヴァリナが数カ月に及ぶ旅行を終えて戻ってくると、彼女とミアは過去を水に流すと決めた。現在、二人は互いに敬意を払い、好意を持つようになっていた。

ソーシャルメディア部門を立ち上げたあと、ミアはほかのアイデアもどんどん形にしていった。例えば、従業員をもてなし、家族の一員だと感じてもらえるような機会を設けたいと考えた。そこで、従業員全員が一度は参加できるように、一年を通してパーティや集まりを開いて、スペイン語で彼らと親睦を深めた。おかげで現在はかなりスペイン語が流暢《りゅうちょう》になった。そのほかにも研修会や文化交流イベントを定期的に開催した。

今日のガーデンパーティは、地所で生活している従業員の子供たちにも楽しんでもらいたいと企画したものだ。パーティは二十分後に始まる予定だ。

「準備は整っているかな?」サントスが中庭へやってきた。青のオープンカラーシャツと、リネンのスラックスに身を包んだ彼は今日もうっとりするほどハンサムだ。彼への愛《いと》しさで胸がいっぱいになり、ミアはにっこりした。

「ええ。そう思うわ」

サントスはミアの後ろに立ち、彼女のウエストに手を置いた。「頑張って準備したね」

ミアはサントスにもたれかかった。「すごく楽しかったわ」今朝判明したばかりのあることを伝えるには、いまが打ってつけだと思った。「それに、子供たちと過ごすのはいい練習になるわ。経理部のロザリアは六週間前に出産したばかりなの。私、抱っこを練習させてもらうわ」彼女はサントスの手を、まだ平たいおなかの上に導いた。

サントスは体をこわばらせてから、ゆっくりとミアを振り返らせた。きょとんとした彼の表情を見て、ミアはほほ笑んだ。「つまりそれって……」

ミアはうなずいた。「妊娠したの」ミアは、これ以上ないほど心の準備が整ったと感じていた。サントスと話し合い、もう一度子供を持つことにチャレンジしてみようと決め、三カ月前にピルをのむのはやめていた。

「愛しい人《ケリーダ》……」彼はミアに優しくキスをした。「体の調子はどう？　気分は悪くないか？」

ミアは笑い声をあげ、サントスにキスを返した。「大丈夫よ。妊娠初期だから、まだ何も確かじゃないけれど」そのときほんの一瞬だけ、亡くした赤ん坊を思い出した二人の間に重苦しい空気が流れた。「でも、いい気分よ」ミアはサントスの指に自分の指をからめた。「私は幸せだし、希望にあふれている。これこそ私が望んでいるものなの」

「僕も同じものを望んでいるよ」サントスはささやき、ミアの体を引き寄せてもう一度口づけをした。

この二年間は試練の連続だった。ミアもサントスも古い習慣を脱ぎ捨てるだけでなく、新しいやり方を構築していく必要があった。それはつまり、どんな些細《ささい》なことに関してもお互いを信頼し、ともに成長していくことだった。二人はその過程を楽しみ、一瞬一瞬を大切にしてきた。

サントスがキスを深め、ミアは身をまかせた。サントスへの感謝の気持ちでいっぱいだった。彼は私を見つけてくれて、これまで誰もしてくれなかったやり方で私のために戦ってくれた。私は彼のものだ。ミアは笑みを浮かべ、ためらいがちに唇を離した。

「どうやら」ミアは言った。子供たちのはしゃぎ声が聞こえてくる。「お客さまが到着したみたいよ」

サントスもにっこりした。二人は手をつなぎ、招待客を――そして輝かしい未来を出迎えるために進んでいった。

ハーレクイン®

スペイン富豪の花嫁の家出

2025年1月20日発行

| | |
|---|---|
| 著　者 | ケイト・ヒューイット |
| 訳　者 | 松島なお子（まつしま　なおこ） |
| 発行人 | 鈴木幸辰 |
| 発行所 | 株式会社ハーパーコリンズ・ジャパン<br>東京都千代田区大手町 1-5-1<br>電話 04-2951-2000（注文）<br>0570-008091（読者ｻｰﾋﾞｽ係） |
| 印刷・製本 | 大日本印刷株式会社<br>東京都新宿区市谷加賀町 1-1-1 |
| 表紙写真 | © MNStudio ǀ Dreamstime.com |

造本には十分注意しておりますが、乱丁（ページ順序の間違い）・落丁（本文の一部抜け落ち）がありました場合は、お取り替えいたします。ご面倒ですが、購入された書店名を明記の上、小社読者サービス係宛ご送付ください。送料小社負担にてお取り替えいたします。ただし、古書店で購入されたものについてはお取り替えできません。®とTMがついているものは Harlequin Enterprises ULC の登録商標です。

この書籍の本文は環境対応型の植物油インクを使用して印刷しています。



ISBN978-4-596-71996-6 C0297

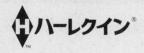

# 1月29日発売　ハーレクイン・シリーズ 2月5日刊

## ハーレクイン・ロマンス　愛の激しさを知る

**アリストパネスは誰も愛さない**　ジャッキー・アシェンデン／中野　恵 訳　R-3941
〈億万長者と運命の花嫁Ⅱ〉

**雪の夜のダイヤモンドベビー**　リン・グレアム／久保奈緒実 訳　R-3942
〈エーゲ海の富豪兄弟Ⅱ〉

**靴のないシンデレラ**　ジェニー・ルーカス／萩原ちさと 訳　R-3943
《伝説の名作選》

**ギリシア富豪は仮面の花婿**　シャロン・ケンドリック／山口西夏 訳　R-3944
《伝説の名作選》

## ハーレクイン・イマージュ　ピュアな思いに満たされる

**遅れてきた愛の天使**　ＪＣ・ハロウェイ／加納亜依 訳　I-2837

**都会の迷い子**　リンゼイ・アームストロング／宮崎　彩 訳　I-2838
《至福の名作選》

## ハーレクイン・マスターピース　世界に愛された作家たち ～永久不滅の銘作コレクション～

**水仙の家**　キャロル・モーティマー／加藤しをり 訳　MP-111
《キャロル・モーティマー・コレクション》

## ハーレクイン・ヒストリカル・スペシャル　華やかなりし時代へ誘う

**夢の公爵と最初で最後の舞踏会**　ソフィア・ウィリアムズ／琴葉かいら 訳　PHS-344

**伯爵と別人の花嫁**　エリザベス・ロールズ／永幡みちこ 訳　PHS-345

## ハーレクイン・プレゼンツ作家シリーズ別冊　魅惑のテーマが光る極上セレクション

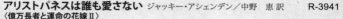

新コレクション、開幕！

**赤毛のアデレイド**　ベティ・ニールズ／小林節子 訳　PB-402
《ハーレクイン・ロマンス・タイムマシン》

※予告なく発売日・刊行タイトルが変更になる場合がございます。ご了承ください。

12月刊 好評発売中！

45th Harlequin Anniversary

# ハーレクイン"の話題の文庫
# 毎月4点刊行、お手ごろ文庫！

作家イメージカラー入りの美麗装丁♥

## 『哀愁のプロヴァンス』
アン・メイザー

病弱な息子の医療費に困って、悩んだ末、元恋人の富豪マノエルを訪ねたダイアン。3年前に身分違いで別れたマノエルは、息子の存在さえ知らなかったが…。

（新書 初版：R-1）

## 『マグノリアの木の下で』
エマ・ダーシー

施設育ちのエデンは、親友の結婚式当日に恋人に捨てられた。傷心を隠して式に臨む彼女を支えたのは、新郎の兄ルーク。だが一夜で妊娠したエデンを彼は冷たく突き放す！

（新書 初版：I-907）

## 『脅 迫』
ペニー・ジョーダン

18歳の夏、恋人に裏切られたサマーは年上の魅力的な男性チェイスに弄ばれて、心に傷を負う。5年後、突然現れたチェイスは彼女に脅迫まがいに結婚を迫り…。

（新書 初版：R-532）

## 『過去をなくした伯爵令嬢』
モーラ・シーガー

幼い頃に記憶を失い、養護施設を転々としたビクトリア。自らの出自を知りたいと願っていたある日、謎めいた紳士が現れ、彼女が英国きっての伯爵家令嬢だと告げる！

（初版：N-224
「ナイトに抱かれて」改題）

※ハーレクインSP文庫は文庫コーナーでお求めください。